Antonio Fusco

Le vite parallele

La quarta indagine del commissario Casabona

GIUNTI

www.giunti.it

Via Bolognese 165 – 50139 Firenze – Italia
Piazza Virgilio 4 – 20123 Milano – Italia
Prima edizione: ottobre 2017

A mia moglie Martina
perché in tutti questi anni siamo riusciti
a non perderci mai di vista.

Prologo

La stanza aveva le pareti rosa. Era stata arredata per essere la cameretta di una bambina, con tutte le accortezze del caso, ma era evidente che si trattava della prima volta che veniva utilizzata. Tutto era in ordine, pulito, quasi asettico. C'era odore di nuovo nell'aria, di mobili appena scartati.

Lei era seduta sul lettino. I piedi ciondolavano senza arrivare a toccare il tappeto decorato con l'immagine di Trilli, la fatina svolazzante che nei cartoni della Disney faceva da angelo custode a Peter Pan. Portava un abito a pois bianchi e blu, e una sola scarpina rosa. Stringeva a sé un orsetto di peluche: lo aveva chiamato Tappy e da oltre un anno era il suo inseparabile amico, l'eroe che la proteggeva dai mostri cattivi della notte.

Nonostante le buone intenzioni di chi aveva cercato di rendere accogliente la stanza, la bambina non si sentiva a proprio agio in quel luogo. Glielo si leggeva negli occhi azzurri e nella faccina smarrita che spuntava da un caschetto di capelli biondi.

Aveva un leggero tremore. Il riscaldamento era stato acceso da poco e faceva freddo.

«Perché mi hai portata qui?» chiese con la voce tremula di chi cerca di trattenere il pianto.

Non ebbe risposta.

Dopo un po' si ritrovò da sola.

Il braccio non le faceva più tanto male, e nel frattempo il sangue si era fermato.

Si stese sotto le coperte insieme a Tappy e si girò di fianco. Chiuse gli occhi strizzandoli con forza. Voleva a tutti i costi addormentarsi e ricacciare indietro quel brutto ricordo. Ma non ne ebbe il tempo: dopo qualche minuto la porta della stanza si aprì di nuovo.

UNA BAMBINA SI PERSE NELLA SELVA

... io singhiozzo per le pene che soffro e per le altre,
che mi aspettano. Ma verrà il giorno in cui spunterà l'alba
sulla fine del mio soffrire?

Eschilo, *Il supplizio di Prometeo*

1

Walter Guzman era seduto nella sala interrogatori del commissariato centrale di polizia di Nizza. Gli avevano concesso di fumare pensando di renderlo più malleabile, ma evidentemente si erano sbagliati. L'uomo non aveva nessuna intenzione di collaborare. Per segnare il confine di una distanza incolmabile continuava a fissare un punto indefinito sul pavimento. Lo aveva bucato con lo sguardo quel tanto che bastava per farci scivolare dentro l'anima che dalle tubature degli impianti era riuscita a fuggire via. Lontano da quel luogo. O forse era stato il diavolo a farlo per lui, non necessariamente quel giorno. Fatto sta che nella stanza sembrava essere rimasto solo il suo corpo tatuato, la testa rasata e la faccia tirata dalla cocaina. Sfrontata e arrogante con quel suo modo di guardare attraverso due occhi neri come il buio delle notti all'inferno.

Dall'altro lato del tavolo c'era il dottor Garnero, lo psichiatra nominato consulente dal pubblico ministero. I capelli bianchi e gli occhiali da lettura rivelavano che non era alle prime armi. Non era per niente imbarazzato dall'atteggiamento del suo interlocutore. Aveva incontrato tanti tipi strani in più di trent'anni di professione, gente che si era resa responsabile di cose che una mente sana fa fatica anche a immaginare. Normale amministrazione per lui. Lo si capiva dalla voce che non tradiva alcuna emozione: sembrava recitare una parte imparata a memoria. Monotona, come una vecchia cantilena.

Non aveva bisogno di interpreti. Parlava bene l'italiano, metà della sua famiglia viveva ancora in Piemonte.

«Le piacciono gli animali, signor Guzman? Ne ha mai avuti?» chiese senza alzare la testa da una cartella piena di fogli che aveva davanti a sé.

«Che cos'è? Un cazzo di test?»

«Se vuole può chiamarlo così. Le dispiace rispondermi, signor Guzman?»

«Io rispondo a tutte le domande che vuole. Le dirò anche quante volte ho sognato di scopare mia madre o di uccidere quel pezzo di merda di mio padre, semmai lo avessi conosciuto, ma poi vi togliete dai coglioni e mi fate andare via?»

«Questo non dipende da me, signor Guzman. Ma sono convinto che la sua disponibilità non potrà che giovarle.»

«Va bene. Sarò... disponibile, come dice lei. Non ho nulla da nascondere.»

«Allora vuole rispondere alla mia domanda, per cortesia, signor Guzman?» chiese ancora lo psichiatra.

Si prese un po' di tempo per ricordare.

«Da piccolo vivevo in campagna. Avevo un cane e un coniglio. Il cane era un boxer con il pelo marrone e una faccia schiacciata come se fosse andato a sbattere contro un muro. Stava sempre in giardino. Si chiamava Ruben. Il coniglio, invece, era di quelli nani con le orecchie abbassate. Lo aveva comprato mia madre a una fiera e me lo aveva regalato. Viveva in una piccola gabbia costruita da mio nonno nel capanno della legna. Un giorno tornai da scuola e mi accorsi che era vuota.

Lo cercai dappertutto ma non riuscii a trovarlo. Il giorno dopo Ruben portò la sua testa davanti alla porta di casa. Il povero coniglio era riuscito a scappare dalla gabbia seguendo il suo istinto di libertà, ma la fuga durò poco. Giusto il tempo di farsi notare dal boxer, che rispose con il suo istinto di cacciatore. Lo sa che cosa ho provato, dottore? Me lo ricordo ancora, come se fosse ieri.»

Alzò la testa come per aspettare la risposta, ma non diede al medico il tempo di parlare.

«Nulla. Non ho provato nulla.»

Aspirò una profonda boccata di fumo. Lo trattenne per assaporarlo, restituendolo lentamente all'aria già fetida di muffa.

«La ragione mi risultò subito chiara. Il coniglio era stato semplicemente vittima dell'ordine delle cose. Il cane non aveva nessuna colpa, aveva solo seguito la sua natura. Provai una forma di ammirazione per lui. Era fiero di ciò che aveva fatto. Portando i resti del coniglio davanti a casa voleva che noi sapessimo che era stato un bravo cane.»

«Perché ha sentito il bisogno di raccontare questa storia?» domandò lo psichiatra.

«Perché me lo ha chiesto lei. Che fa? Mi prende in giro ora?»

«Io le ho chiesto solo se le piacciono gli animali e se ne ha mai avuti.»

«E questa è la mia risposta, se ne faccia una ragione.»

«Quindi, diceva che non provò dolore per la morte del coniglio?»

L'uomo spense la sigaretta nel posacenere davanti a sé.

«No, per niente. Fece la fine che meritava. Doveva restarsene chiuso nella sua gabbia da coniglio se voleva continuare a vivere. Il resto del mondo non era per lui.»

«Le piace il fuoco, signor Guzman? Ha mai provato piacere nell'incendiare qualcosa?»

L'uomo riprese a parlare senza tener conto della domanda che gli era stata fatta.

«Era un cazzo di coniglio pauroso che si spaventava per tutto. Aveva dei denti forti, con i quali riusciva a spezzare anche il legno, ma non li sapeva usare per difendersi, per farsi rispettare. La libertà non è per tutti. È una conquista, non un diritto. I predatori sono veramente liberi perché non hanno paura. Chi ha paura non la merita la libertà.»

«Le avevo chiesto se le piace il fuoco e se ha mai provato piacere nel bruciare qualcosa, signor Guzman.»

«Ho sentito quello che mi ha chiesto, dottore, ma io non avevo ancora finito di rispondere alla prima domanda.»

«Va bene, allora mi dica: le piace il...»

«Ma che cazzo di domanda è questa? Mi piace il fuoco se ho freddo e devo riscaldarmi, se devo accendere una sigaretta o farmi una bistecca alla brace, ma non sono un piromane. Non sono uno di quelli che appiccano incendi e si masturbano mentre tutto brucia.»

Guzman spostava di continuo il pacchetto di sigarette sul tavolo. Provava ad allinearlo con l'accendino, il posacenere e la piccola bottiglia d'acqua che aveva portato con sé, ma ogni combinazione sembrava non soddisfarlo.

«Ora mi dica signor Guzman, si ricorda se da bambino faceva la pipì a letto?»

L'uomo accennò un mezzo sorriso e cercò lo sguardo del medico senza trovarlo. Fece una smorfia con la bocca come per inghiottire le prime risposte che gli venivano in mente.

«Non se lo ricorda signor Guzman?»

«No, non me lo ricordo. Però mi ricordo a chi pensavo quando mi facevo le prime seghe.»

«Vuole parlarne, signor Guzman?»

«Pensavo a tua moglie e tua figlia, strizzacervelli del cazzo.»

L'ufficiale della polizia francese se n'era rimasto in disparte, seduto in un angolo della sala. Si alzò e si avvicinò al fermato parlandogli in un italiano quasi perfetto.

«Basta Guzman, così perdiamo pazienza, e lo sai: se perdiamo pazienza diventiamo cattivi.»

«Lo so, certo che lo so. Voi sbirri siete tutti uguali. In ogni parte del mondo. Il vostro difetto principale è proprio quello di non avere mai pazienza. Arrivate in un posto dove è successo qualcosa e pretendete di capire tutto subito. Ci sono persone con le loro storie, situazioni, fatti avvenuti negli anni che hanno determinato quello di cui vi impicciate. Ma a voi questo non importa, avete fretta di trovare risposte. Superficiali, sbagliate e a volte inventate.»

Il poliziotto si irrigidì trattenendo una smorfia di rabbia. Era alto quasi due metri e aveva un fisico da culturista. Gonfiò il petto e appoggiò le mani enormi sul tavolo per abbassarsi e avvicinarsi a Guzman.

«*Fils de pute*. Parliamo di una bambina. Basta fare il filosofo, non sei Hannibal Lecter. Perché non dai una mano a ritrovarla? Ce l'hai una coscienza? Un minimo di umanità?»

Guzman si ritrasse sulla sedia, più per il fastidio del contatto ravvicinato che per timore.

«Ora siete voi che state esagerando. Io non ho nulla da dire su quella donna e sulle cose di cui mi accusa. Da questo momento in poi non parlerò più. Se volete continuare a tenermi qui chiamatemi un avvocato.»

L'ufficiale decise che poteva bastare.

«*Merde*. Basta così, stiamo solo perdendo tempo» disse rivolgendosi al dottor Garnero. Poi si avviò verso la porta.

Lo psichiatra si alzò, raccolse le sue carte e ripose gli occhiali nella custodia. Mentre usciva anche lui dalla stanza si fermò un attimo, si voltò e disse, con la solita voce da navigatore satellitare:

«Signor Guzman, per completezza di informazioni, ci tengo a farle sapere che io non sono mai stato sposato e non ho figlie».

2

Casabona arrivò in questura poco prima delle nove, come al solito. Ormai era diventata un'abitudine prendersi quella mezz'oretta di ritardo rispetto al normale orario di servizio. Si trattava di una libertà che tradizionalmente si concedeva al capo della squadra mobile in cambio dell'impegno che il ruolo richiedeva: «Non si sta a guardare l'orologio la mattina, ma tu non lo guardi per il resto della giornata e della nottata. Che siano giorni lavorativi o festivi. Che sia Natale, Pasqua o Ferragosto». Pensandoci bene, non era certo un buon affare, ma era il prezzo che si pagava per fare il lavoro più bello del mondo. Almeno finché si reggeva. E in fondo, di primo mattino non succedeva mai nulla su cui valesse la pena indagare. Si sa che chi sceglie di fare il delinquente non ama certo svegliarsi presto, altrimenti avrebbe fatto un altro "mestiere". A volte poteva capitare il gruppo di rapinatori che si faceva trovare in una banca o in un ufficio postale all'apertura, dopo essere entrato durante la notte da una finestra forzata o da un buco fatto nel muro, ma erano episodi rari. Circolava sempre meno contante negli istituti di credito e le casseforti con apertura a tempo facevano il resto. Rapinare una banca non conveniva più, visto il rapporto rischi-benefici. Era diventato un reato da disperati con il taglierino, ma quelli non si mettevano certo a fare buchi o segare inferriate. Aspettavano l'orario di chiusura, era più comodo.

Nei corridoi incrociò Bellini, Bini e Ruocco, che lo salutarono con il rituale: «Bentornato dottore». Come se il suo fosse il normale rientro da un periodo di ferie, e non l'ultima giornata di lavoro insieme a loro.

La cosa gli sembrò strana, ma non ci pensò più di tanto.

Entrò nel suo ufficio e fece appena in tempo a sistemare il giaccone blu sull'attaccapanni prima che lo raggiungesse Proietti, il vice che lo sostituiva durante i suoi periodi di assenza dal servizio.

Casabona andò a sedersi alla scrivania e per un attimo fu tentato di chiedere all'ispettore, che aveva un fascicolo in mano, di essere aggiornato sulle novità, ma riuscì a trattenersi. Si tenne sul vago.

«Hai visto che aria là fuori, Fabio? Mi sa che anche quest'anno nevicherà a Valdenza. Due anni di seguito... era da un po' che non capitava.»

«Speriamo di no.»

«Non sapevo che non ti piacesse la neve.»

«Non è che non mi piace, è che in città si incasina tutto. Si blocca il traffico, la gente scivola sui marciapiedi... scoppia il caos. La neve sta meglio in montagna, all'Abetone, per esempio. Quando si ha voglia di vederla si va su, e quando ci si rompe le scatole si torna a casa.»

«A me la neve piace anche in città. Costringe la gente a rallentare, ad avvicinarsi. A stare di più insieme. Comunque sia, se arriva ce ne faremo una ragione. Per il resto come va? Hai passato buone feste?»

«Le solite abbuffate in famiglia. Si sa, Natale è la festa della glicemia e del colesterolo.»

Il commissario si fermò un attimo a osservarlo. Proietti non era cambiato per nulla nell'ultimo mese in cui non si erano visti. Sempre magro come un'acciuga. Se qualcuno si era abbuffato a casa sua, di sicuro non era stato lui...

«Anche qui in ufficio siamo stati tranquilli» continuò l'ispettore «almeno fino a ieri. Quando ci è piombata addosso questa grana di dimensioni colossali. Un delirio.»

Aprì il fascicolo che teneva in mano e spuntò la foto di una bella bambina con i capelli biondi a caschetto e due occhioni azzurri come il cielo in primavera. Doveva avere tre, quattro anni al massimo.

Casabona cercò subito di frenare.

«Ascolta, Fabio. Sono passato per sistemare un po' di cose da portare via. Starò poco. Ho lasciato Francesca in ospedale, doveva fare l'ennesima visita di controllo. Fra poco andrò a prenderla.»

«Come sta?» chiese Proietti.

«Come vuoi che stia? Pensa che a Natale si è arrabbiata perché le ho regalato un paio di scarpe, invece della parrucca che mi aveva chiesto.»

«La parrucca?»

«Sì, è convinta che dovrà iniziare un ciclo di chemioterapia e teme di perdere i capelli. Anche se i medici non hanno ancora sciolto la diagnosi. Dovrebbero farlo oggi, ma lei è già orientata al peggio.»

«Mi dispiace, Tommaso. Vedrai che tutto si sistemerà, la scienza ha fatto passi da gigante.»

«Lo so, ne sono convinto. È lei che non lo è.»

Proietti riaprì il fascicolo e la bella bambina bionda si riaffacciò nella stanza.

«Io, però, qualcosa su questa storia te la devo raccontare. È una cosa grossa. Tra poco finirà su tutti i giornali e anche in televisione. Ti chiamerà il questore...»

«Fabio, aspetta un attimo... Perché prima i ragazzi mi hanno salutato come se nulla fosse successo? Un mese fa non ti avevo lasciato una busta per il questore, con la mia richiesta di assegnazione ad altro incarico? Perché adesso dovrebbe chiamarmi?»

«Perché non l'ho consegnata, Tommaso. Eri sconvolto. Come me, come tutti noi. Il caso della comunità "La siepe" ci ha distrutti. Ma il tempo passa e cura le ferite. Non potevo prendermi una responsabilità del genere.»

«Ma io ti avevo dato un ordine, Fabio.»

Proietti si risentì. Lavoravano insieme da tanti anni e mai era stato necessario fare ricorso alla gerarchia nei loro rapporti.

«Se la metti così... anzi, se la mette così, signor commissario, quello era un ordine illegittimo e perciò non ero tenuto a eseguirlo. Io faccio l'investigatore, non il postino. Le sue buste le può consegnare da solo, soprattutto se riguardano faccende personali come un trasferimento.»

Sapendo di aver esagerato, Casabona cercò di scusarsi. Senza mai pronunciare la parola "scusa", perché questo proprio non gli riusciva. «Va bene, Fabio. Capisco che lo hai fatto in buona fede. Ridammi la busta, ci penso io a consegnarla.»

L'ispettore la tirò fuori dal fascicolo e l'appoggiò sulla scrivania. Ma subito dopo fece lo stesso con la foto della bambina.

«Si chiama Martina Bonelli. Ha tre anni e qualche mese. La madre ne ha denunciato la scomparsa ieri mattina. La donna si è svegliata e non ha più trovato la figlia nella sua stanza. Ha accusato il suo ex amante di averla rapita, un certo Walter Guzman. Un balordo con il cervello bruciato dalla cocaina che ha negato tutto, ma lei è convinta che sia stato lui a portarla via. Ci ha fatto vedere un messaggio che ha ricevuto dal cellulare dell'uomo, sembra una vera e propria rivendicazione. *Mi hai rovinato la vita. Pagherai per quello che mi hai fatto.* Abbiamo subito attivato l'ICAAS (Italian Child Abduction Alert System), il sistema di ricerca nazionale per i casi di rapimento di bambini, ma non è servito a nulla. Grazie alle ricerche in area Schengen l'uomo è stato rintracciato nella tarda mattinata dalla polizia francese a Nizza. Era solo, nessuna traccia della bambina. Lo hanno interrogato senza ricavarne niente di utile. I colleghi francesi lo descrivono come una specie di psicopatico, per nulla collaborativo. Anche lo psichiatra nominato dal pubblico ministero ha provato inutilmente a fargli qualche test per verificare la sua propensione al crimine violento. Ora stiamo aspettando che il dottor Boccuso ci procuri un mandato di arresto europeo per farcelo consegnare e riportarlo in Italia. Temo che in Francia non potranno trattenerlo a lungo.»

Casabona prese la fotografia dal tavolo e senza nemmeno guardarla la restituì a Proietti.

«Grazie Fabio, ma non c'era bisogno di mostrarmela. È un espediente che ho adottato spesso per far confessare gli assassini, ma non serve per convincere i commissari a non cambiare lavoro. Mi dispiace per la bambina, ma sono convinto che stiate facendo tutto il necessario per ritrovarla. Non credo che potrei aggiungere altro. Come si dice nel nostro ambiente? Siamo tutti utili e nessuno indispensabile. La squadra mobile di Valdenza esisteva prima di me e continuerà a esistere e a fare il proprio dovere anche dopo.»

Proietti appariva sempre più risentito. «Se sto facendo questo, Tommaso, non è perché credo che tu sia indispensabile per questo lavoro. È il contrario: penso che sia questo lavoro a essere indispensabile per te. In futuro, potresti pentirti di ciò che stai per fare.»

«Ora devo andare, Francesca mi aspetta. Chiudi tu la stanza, se vuoi. Sempre che non lo consideri un ordine illegittimo.»

Si alzò, prese con sé la busta con la domanda di trasferimento che gli aveva restituito l'ispettore, afferrò il giaccone e si avviò verso la porta.

Prima di uscire appoggiò una mano sulla spalla di Proietti, per fargli capire che non ce l'aveva con lui. Si trattava solo di un brutto momento, che prima o poi sarebbe passato.

3

Un gelido tramonto rosso fuoco aveva acceso il cielo di Nizza.

Walter Guzman e l'avvocato Le Blanc uscirono dal commissariato centrale di polizia e si avviarono a piedi su avenue Jean Médecin fino ad arrivare in place Masséna.

Dai giardini pubblici, dove avevano allestito i mercatini di Natale, arrivava a sbuffi il profumo delle crêpes al cioccolato appena preparate, mentre sopra girava, imponente, la ruota panoramica.

Le Blanc era un omone sulla sessantina dal fisico massiccio. I capelli e la barba bianca lo facevano somigliare al manichino di Babbo Natale chiuso in un grande igloo di vetro al centro della piazza. Era uno dei migliori avvocati della Costa Azzurra. Un penalista che si occupava prevalentemente di questioni relative ai clan che trafficavano droga. Gente pericolosa ma che pagava bene. Il denaro non mancava mai in quell'ambiente, soprattutto da quando, negli ultimi anni, era nata una redditizia joint venture tra la criminalità locale e la 'ndrangheta calabrese. Quest'ultima aveva saputo creare nel tempo un reticolato di presidi, in costante contatto con le "Locali" stanziate da decenni nell'estremo ponente ligure, che si estendeva a ovest attraverso Tolone fino a Marsiglia, e aveva messo i propri broker a disposizione dei grandi produttori di cocaina del Sud America.

Si fermarono al café Monet a bere un pastis, accompagnato con qualche tartina al salmone. Poi proseguirono fino alla Promenade des Anglais dove si sedettero sulle seggiole blu a guardare il mare.

Non avevano parlato molto fino a quel momento, solo frasi di circostanza. Sul tempo, sulle donne, sulla qualificazione della Juventus, di cui erano entrambi tifosi, per gli ottavi di finale della Champions League.

Walter Guzman fu il primo a entrare nell'argomento che li aveva fatti conoscere.

«Quella donna mi ha rovinato la vita. Immaginare come stia soffrendo in questo momento mi provoca un brivido di piacere. Non posso nasconderlo. Rende perfetto questo tramonto, rosso come il sangue che lei mi ha avvelenato.»

L'avvocato Le Blanc aveva imparato una regola fondamentale per sopravvivere in quel mare popolato di squali e altri pesci carnivori: non sapere mai più di ciò che era necessario per far bene il proprio lavoro. Chi insiste per farti una confidenza non ti vuole bene. Sta solo dando a qualcun altro una buona scusa per farti del male. Per questo motivo si affrettò a porre un freno al suo interlocutore.

«Guzman, non vada oltre. Non mi interessa cosa ha fatto o non ha fatto. Ancora meno conoscere le sue motivazioni. Io dovevo solo farla uscire da quel commissariato. È la ragione per cui sono stato pagato. Ora che ho portato a termine il mio compito mi resta solo da darle questa e salutarla.»

Tirò fuori dalla tasca una busta gialla. Conteneva un cartoncino bianco con un indirizzo scritto a penna, e una tessera magnetica.

«Questa è la card per l'accesso alla stanza 431 dell'Hotel Prince de Galles di Menton. È già prenotata a suo nome. Deve solo entrare, salutare mostrando la tessera alla reception e andare in camera. Ho lasciato questo indirizzo alla polizia francese. Se avranno ancora bisogno di lei, la cercheranno lì tramite il commissariato locale. Le do un ultimo consiglio, gratis: si faccia notare il meno possibile. Se la riportano dentro non potrò più farla uscire.»

Guzman, con un rapido gesto, infilò la busta nella tasca interna del giubbino di pelle nera. Salutò l'avvocato che aveva fretta di andar via e restò a guardarlo per un po' mentre si allontanava sulla Promenade. Poi accese una sigaretta e tornò a fissare la linea dell'orizzonte che cuciva cielo e mare.

Il rosso stava lasciando il posto al blu cobalto della sera. Era uno spettacolo molto bello. Di quella bellezza che riconcilia con il mondo e dona attimi di pace interiore. Sensazioni che non aveva provato spesso nella sua vita. Quasi si stupì rendendosene conto, e con un moto di stizza rise di sé e della sua debolezza. Roba da checche o da poeti da quattro soldi, pensò mentre si alzava. Facendo leva con l'indice sul pollice, lanciò il mozzicone di sigaretta verso la spiaggia. Quasi con rabbia, come se quel gesto fosse indirizzato verso uno schermo dove stavano proiettando un brutto film sentimentale. Era come se qualcuno o qualcosa stesse tentando di fregarlo mettendolo di fronte a quello scenario. Fanculo, lui non era il tipo da cascarci. Walter Guzman era un duro. Ci voleva ben altro per fotterlo, si disse, mentre si avviava a passo veloce verso la stazione ferroviaria.

4

Quando Casabona arrivò in ospedale sua moglie aveva già finito gli esami diagnostici e il consulto con l'oncologo. Durante l'orario di visita trovare un posto dove lasciare l'auto non era facile. Alla fine aveva preferito allungare una mancia a Gianni God, il parcheggiatore abusivo, piuttosto che pagare la società che gestiva i parcheggi, tra l'altro realizzati su un'area di proprietà del comune, quindi su un terreno pubblico. Trovava immorale quel business legale che si reggeva sulle disgrazie altrui. Gente che si arricchiva con il denaro di chi aveva bisogno di stare vicino a una persona cara che soffriva. Meglio dare qualche moneta al parcheggiatore, che almeno le avrebbe usate per mantenere la famiglia in Nigeria.

Faceva freddo. Dal cielo plumbeo scendevano sparuti fiocchi di neve. Lenti e incerti nella direzione, si scioglievano toccando l'asfalto o i tetti delle macchine. Francesca era rimasta ad aspettarlo nel bar di fronte all'ingresso principale. Non era sola. Con lei c'era un medico in camice bianco che poteva avere la loro stessa età. Stavano in piedi davanti al banco dove avevano appena finito di bere un caffè e parlavano come se si conoscessero da tempo.

Non era la prima volta che li vedeva insieme. Un mese prima

li aveva notati dalle vetrate dello stesso bar, mentre rientrava in ufficio dopo essere stato in ospedale per delle indagini che stava seguendo. Quel giorno erano seduti a un tavolino e l'atteggiamento sembrava molto confidenziale. Ne era rimasto profondamente turbato, anche perché non sapeva ancora nulla della malattia della moglie. Nonostante la fitta allo stomaco provocata da un'istintiva gelosia, era riuscito a far finta di niente e a tirare dritto. Questa volta decise di entrare.

Strofinò un paio di volte la suola delle scarpe sul tappetino all'ingresso e si diede qualche colpo sul giaccone per ripulirsi dalle gocce di nevischio.

«Perdonami per il ritardo, Francesca. Ho dovuto girare mezz'ora per trovare parcheggio.»

«Non ti preoccupare, ne abbiamo approfittato per prendere un caffè. Marco è rimasto a farmi compagnia. Ma voi non vi conoscete... Marco ti presento mio marito. Tommaso, lui è il dottor Marco Romoli, l'oncologo che mi ha in cura, nonché mio vecchio compagno di liceo.»

Si strinsero la mano.

«Commissario, lei non mi conosce ma io la seguo sui giornali. Complimenti, e grazie per il lavoro che fate per tutti noi.»

«È un lavoro come un altro, dottore, e sicuramente non più degno del suo. Anzi, in questo momento per me lei è appena un gradino sotto Dio, visto che ha nelle mani la salute di mia moglie.»

«Stia tranquillo, Francesca ne verrà fuori e starà meglio di prima. Ha fatto un'ottima prevenzione, si è accorta della malattia proprio nella fase iniziale. E poi è sempre stata una donna forte e determinata.»

Francesca si schermì con una vena di leggero imbarazzo.

«Lo ero, Marco, da giovane. Il tempo che passa fa svanire tante certezze.» Abbozzò un sorriso stanco e amaro.

«Ma dài, che sei ancora una ragazzina... commissario, lei non prende nulla? Un caffè?»

«No, la ringrazio. Sarà per la prossima volta. Ora è meglio andar via prima che si metta a nevicare sul serio.»

Francesca annuì. Abbracciò affettuosamente l'amico, scambiando con lui due baci sulle guance, e si avviò verso l'uscita. Casabona la seguì dopo una veloce stretta di mano al medico.

Raggiunsero in fretta l'auto. La neve stava cominciando ad attecchire. Gianni God se n'era andato, forse per via del freddo, oppure perché aveva guadagnato abbastanza per una giornata come quella. Casabona scoprì la verità guardando il parabrezza. Era passata la polizia municipale, il nigeriano se l'era squagliata e lui aveva rimediato l'ennesima multa per divieto di sosta. Nella fretta non si era accorto di aver parcheggiato in un'area riservata al carico e scarico merci. Imprecò, nell'ordine, contro i vigili urbani, che non trovavano niente di meglio da fare che appioppare multe fuori da un ospedale, contro la società che gestiva i parcheggi e contro gli extracomunitari che facevano i parcheggiatori abusivi guardandosi bene dall'avvisare dell'esistenza di un divieto di sosta. Ma lo fece mugugnando a bassa voce, per non appesantire ulteriormente lo stato d'animo di Francesca, che non era dei migliori nonostante l'atteggiamento apparentemente sereno tenuto nel bar.

Si avviarono verso casa.

«Allora? Come è andata la visita? Ti va di parlarne?»

Francesca se ne stava girata verso il finestrino e guardava la neve che veniva giù. Era come incantata. Lo sguardo si perdeva oltre il vetro che si stava appannando e restituiva l'immagine riflessa del suo viso.

Rispose senza voltarsi. Con una voce spenta, priva di emozioni. «Hanno concluso tutti gli esami per la tipizzazione e la stadiazione del tumore. È un carcinoma duttale infiltrante al primo stadio. Hanno fissato per giovedì la nodulectomia.»

Casabona di quella frase capì solo che avrebbe dovuto riflettere attentamente prima di fare qualsiasi commento o di aggiungere altre domande. Era meglio tacere piuttosto che rischiare di non entrare in sintonia con il dramma che stava vivendo la sua compagna di una vita. Una parola sbagliata poteva dare il via a uno sfogo liberatorio dagli esiti imprevedibili. Restò in silenzio per un po', poi decise di non avventurarsi nel campo delle questioni medico-scientifiche.

«Passerà anche questa, Francesca. Hai sentito il tuo medico? Devi solo stare tranquilla.»

Lei continuò a parlare senza voltarsi. «Marco mi vuole bene, perciò parla così. Siamo stati innamorati follemente ai tempi del liceo. Come sanno esserlo due ragazzi che scoprono l'amore per la prima volta. Poi le nostre strade si sono separate, ma l'affetto è rimasto. Sono stata fortunata a ritrovarlo proprio adesso. Riesce a infondermi speranza e a darmi quel coraggio che avevo perso negli ultimi tempi. Forse perché ero troppo sola.»

Il commissario non volle cogliere il risentimento contenuto in quest'ultima frase. Però fu incuriosito dal modo in cui la moglie aveva rievocato il suo giovane amore e non riuscì a resistere alla voglia di saperne di più.

«Non me ne avevi mai parlato.»

«Di cosa?»

«Di questa tua relazione. Da come la ricordi deve essere stata molto importante.»

Francesca finalmente si voltò. Aveva gli occhi lucidi. Evidentemente il suo atteggiamento scostante non era altro che una forma di pudore: non le andava di farsi vedere piangere.

«Tommaso, ti prego, di tutto ho bisogno in questo momento tranne che di scenate di gelosia. Ci sono tante cose di me che non sai, come io di te. Non perché abbia voluto nasconderle. È normale così, non puoi sapere ogni cosa. Nessuno è così grande da poter contenere l'intera vita di un'altra persona. Lo so che per te è difficile accettare l'idea di non avere il controllo su tutto, ma è un fatto naturale e questo non ti deve spaventare né mettere addosso ansie ingiustificate.»

«Va bene, scusami, mi sono espresso male. Non era gelosia la mia, ma semplice curiosità. Comunque, in questo momento, la cosa più importante è che ti convinca che andrà tutto bene. Vedrai, ne verremo fuori.»

«*Io* ne verrò fuori, Tommaso, non noi. È la mia vita e sono io che devo farcela.»

«Ma io ti starò vicino.»

«Lo so, come io farei con te. Ma non puoi combattere al posto mio questa battaglia. Dobbiamo cercare di non farci travolgere, altrimenti affonderemo tutti e due portando con noi anche i nostri figli.»

Francesca si era ripresa. Stava venendo fuori tutto il suo istinto di mamma. Il senso di responsabilità che sentiva verso la famiglia le aveva fatto ritrovare la forza.

Arrivarono davanti al cancello di casa. Snaus, il loro pastore tedesco, scodinzolava impaziente.

«Devi tornare in ufficio?»

«Non è necessario. Se vuoi resto.»

«No, non ti preoccupare, va tutto bene. Fai quello che devi fare. Alla televisione, nella sala d'aspetto dell'ospedale, ho sentito di quella bambina scomparsa. Immagino avrete molto da lavorare.»

«Sto per lasciare la Mobile. Non dovrò occuparmene io. Chiederò al questore di essere assegnato a un incarico non operativo, così avrò più tempo per stare con te.»

Il volto di Francesca fu attraversato da un'espressione di stupore, che in un attimo si trasformò in contrarietà.

«Questa è la più grande stronzata che ti abbia sentito dire da quando ti conosco. Non se ne parla proprio. Ho appena finito di spiegarti che non permetteremo a questa cosa di cambiare le nostre vite. Altrimenti gliela daremo vinta in partenza.»

Casabona non sapeva cosa rispondere, così sua moglie continuò con tono ironico: «E poi, lo sai che non sono abituata ad averti troppo tra le scatole, mi metti agitazione. Vuoi sempre impicciarti di tutto e di tutti. Sei pesante. Vai pure e stai tranquillo, in questo periodo ci sono anche Alessandro e Chiara. L'importante è che ogni tanto ci fai avere qualche notizia di te.»

«Va bene, ma giovedì ti accompagnerò io.»

«C'è tempo, ne riparleremo. Intanto bisognerà vedere in che angolo di mondo ti troverai giovedì e quale cosa importante avrai da fare.»

Senza dargli il tempo di dire altro, scese dall'auto e si incamminò a passo veloce verso casa.

Francesca gli aveva fatto capire chiaramente che poteva fare a meno di lui. Forse perché aveva ritrovato Marco Romoli e non le serviva altro, pensò il commissario. Probabilmente era tutto ciò di cui aveva bisogno in quel momento: il suo medico, il suo amico e confidente, la spalla su cui piangere. Ma lui non aveva nessuna intenzione di farsi da parte. Era stato al suo fianco per venticinque anni, non era quello il momento di mollare. Sarebbe ritornato a fare il suo lavoro, ma non l'avrebbe più lasciata sola nei momenti importanti.

Fece manovra e ripartì verso Valdenza lasciandosi alle spalle lo sguardo stupito di Snaus, che rimase a fissare l'auto che si allontanava con il muso infilato tra le sbarre del cancello.

5

L'ispettore Proietti aveva ragione. Era bastato qualche fiocco di neve per bloccare il traffico a Valdenza, soprattutto nel centro storico.

In quella tarda mattinata di inizio anno la gente sembrava impazzita. Tutti erano impegnati a fare provviste come se stesse per arrivare la fine del mondo. Si respirava un clima da *The day after tomorrow*.

Casabona ci mise un po' di tempo e tanta pazienza per tornare in ufficio. La cosa aveva anche un aspetto positivo: dal finestrino dell'auto si poteva godere lo spettacolo della città, che era bellissima con quella leggera imbiancatura. Assumeva un'aria magica che riportava a gioiose fantasie dell'infanzia.

Alla radio, i notiziari cominciavano a interessarsi del caso della bambina scomparsa. L'allerta ICAAS aveva coinvolto i media, le compagnie telefoniche e le società che gestiscono le autostrade, ed era prevedibile che un meccanismo così complesso non si sarebbe fermato dopo le due ore di durata dell'allarme. Proietti aveva ragione anche in questo: bisognava darsi da fare e in fretta.

Ogni volta che si ricorreva all'ICAAS, Casabona non poteva fare a meno di pensare al più famoso AMBER Alert, che esisteva da tempo negli Stati Uniti, e soprattutto alla bambina che ne aveva ispirato il nome. La sigla stava per "America's Missing: Broadcast Emergency Response", ma era stata ideata per coincidere con il nome di Amber Renee Hagerman, il cui rapimento aveva fatto molto scalpore oltreoceano, convincendo gli investigatori a dotarsi di un efficace e rapido sistema di ricerca.

Il 13 gennaio del 1996, la piccola Amber, di nove anni, stava giocando con la bici insieme al fratello, nei pressi di un negozio di alimentari abbandonato, a un isolato di distanza dalla casa dei nonni ad Arlington, in Texas. Venne rapita da uno sconosciuto. Un testimone vide fermarsi vicino a lei un pick-up, da cui scese un uomo che l'afferrò e la portò via. Il suo corpo fu ritrovato quattro giorni dopo, vicino a un canale di scolo. Era stata violentata prima di essere uccisa, e il suo assassino non venne mai individuato, nonostante tre anni di indagini compiute da un team di esperti dell'FBI e della polizia di Arlington.

Chi fa il mestiere del poliziotto questa storia la conosce bene, perciò l'attivazione della procedura veniva sempre vissuta con una certa ansia. Ovviamente, il sistema poteva anche funzionare e portare alla soluzione del caso in poche ore. Ma per Martina Bonelli non era accaduto. Così tornava alla mente il dramma della piccola Amber, che non era più una cervellotica sigla inventata da eccentrici americani, ma evocava uno dei fallimenti investigativi più famosi al mondo. Di quelli che non ti fanno dormire la notte e ti accompagnano anche dopo la pensione. Perché è così che funziona, rifletteva Casabona. I casi risolti si dimenticano subito, gli insuccessi restano dentro. Con le domande senza risposta, i dubbi, gli errori. Con la consapevolezza che l'assassino è ancora là fuori, e se non ucciderà di nuovo non sarà per merito tuo, ma solo perché è lui a non volerlo. Cammina nel tuo stesso mondo, respira la tua stessa aria. Forse è seduto accanto a te sul treno o al tavolino di fianco in un bar, a bere un caffè. I "se" diventano lame affilate che feriscono l'autostima costruita in anni di mestiere. Non bastano i tanti successi conseguiti, tutto si sfalda: resta solo un inconfessabile senso di colpa. Per sempre.

Mentre Casabona entrava in questura, vide l'ispettore Proietti e il sovrintendente Bini che stavano salendo in macchina. Sembravano aver fretta di partire e fece appena in tempo ad avvicinarsi.

Proietti si accorse di lui e gli andò incontro.

«Scusami Tommaso, non ho tempo per spiegarti tutto. Stiamo andando in Costa Azzurra e dobbiamo arrivare il più presto possibile.»

«No, Fabio. Me lo spieghi adesso. Cosa è successo? Perché siete così agitati?»

«Walter Guzman è morto. Ci ha appena chiamati la polizia francese. L'hanno trovato spiaccicato sul lungomare di Menton. Pare si sia buttato dal balcone della sua stanza d'albergo. Dovrebbe trattarsi di un suicidio, almeno così dicono. Andiamo a dare un'occhiata. Menton è appena oltre il confine di Ventimiglia, non ci faranno problemi.»

«Che ci faceva Guzman in albergo a Menton? Non era guardato a vista nel commissariato di Nizza in attesa del mandato di arresto europeo?»

«Il mandato è arrivato poco fa e l'abbiamo subito trasmesso a Nizza, ma i colleghi l'avevano già liberato ieri sera. Pare sia intervenuto uno dei migliori avvocati della Costa Azzurra e il pubblico ministero abbia deciso di rilasciarlo.»

«Vengo con voi. Il resto me lo racconterete per strada.»

Proietti non disse nulla. Si sforzò di trattenere un sorriso di soddisfazione che divenne un'impercettibile smorfia sul suo viso smunto. Poi scese dall'auto e andò a sedersi dietro, lasciando libero il posto al capo.

6

Impiegarono tre ore e mezza per arrivare a Menton. Compreso il tempo per far rifornimento e mangiare un panino in Autogrill. Il sovrintendente Bini, prima di essere trasferito alla Mobile, aveva lavorato per anni alla Stradale e con il volante e il cambio ci sapeva fare.

Durante il tragitto il commissario aveva telefonato a un suo vecchio amico, da poco promosso questore a Imperia, che gli aveva fatto trovare una pattuglia al valico di Ponte San Luigi per accompagnarli oltre confine.

Andarono direttamente all'Hotel Prince de Galles, che si trovava sul lungomare poco dopo il casinò.

Walter Guzman, dopo un volo dal quarto piano, era finito sul marciapiede disseminando pezzi di materia cerebrale e sangue su tutta la strada. Quello che restava del corpo era stato già spostato. Gli addetti del municipio di Menton stavano ancora ripulendo la zona con getti d'acqua e un mezzo dotato di enormi spazzole rotanti.

Parcheggiarono la 156 nera poco distante ed entrarono nell'albergo. Ci pensarono i colleghi di Imperia a farsi riconoscere dal giovane addetto alla reception, che indicò loro come arrivare alla stanza 431. Casabona ne approfittò per chiedergli se Guzman fosse stato da solo in camera e se avesse ricevuto qualcuno nella giornata o qualche telefonata.

Il ragazzo, alto, magro, con un viso pulito che lo faceva sembrare ancora più giovane di quello che probabilmente era, si alzò e rispose a voce alta dandosi un tono professionale: «*Monsieur*, sono molto spiacente, ma temo di non poterla aiutare. Ho detto tutto ciò che sapevo agli agenti del commissariato di Menton, *monsieur*, e mi è stato ordinato di non parlare con nessun altro di questo spiacevole avvenimento. Sono desolato, *monsieur*».

Il commissario restò incantato dall'elegante gestualità del concierge, che accompagnava ogni parola con ampi movimenti delle braccia. Come se stesse traducendo ciò che diceva in una sorta di linguaggio dei segni. E poi, pensò Casabona, non gli dispiaceva essere chiamato *monsieur* così tante volte di seguito, soprattutto se quella parola veniva pronunciata con tale gentilezza. Perciò non se la prese a male per il rifiuto, e stava già passando oltre quando il giovane gli si avvicinò, questa volta sussurrando in tono confidenziale.

«*Monsieur*, l'italiano è arrivato ieri sera, *monsieur*. Era da solo. Ha preso la stanza ed è uscito subito dopo, *monsieur*. Una matrimoniale ad uso singola a nome di Walter Guzman, *monsieur*. Deve essere rientrato durante il turno di notte, perché io ho finito alle venti e non l'ho rivisto. Non risulta nessuna telefonata per la stanza 431, né in ingresso né in uscita, *monsieur*.»

Casabona abbozzò un incerto: «*Merci*». Poi si fece coraggio e chiese ancora: «Non è che avete visto una bambina di circa tre anni, con i capelli biondi a caschetto e gli occhi azzurri? Avrebbe dovuto essere con lui».

L'addetto alla reception assunse di nuovo l'atteggiamento formale di poco prima.

«*Absolument, monsieur*. Nessuna bambina. Ce ne saremmo accorti e ne avremmo già parlato all'ispettore del commissariato. Non ci può sfuggire una bambina, *monsieur*. *Ce n'est pas possible.*»

Il giovane sembrava offeso, così il commissario pensò che non fosse il caso di continuare. Lo ringraziò ancora una volta e si avviò verso l'ascensore, dove lo aspettavano Proietti, Bini e i due colleghi della Mobile di Imperia.

Salirono al quarto piano.

Il corridoio che portava alla stanza 431 era solennemente presidiato da una giovane poliziotta del commissariato di Menton, che sbarrava la strada ai non addetti ai lavori. Aveva i capelli biondi raccolti all'indietro e il viso dai tratti delicati. Se non fosse stato per l'uniforme, portata in modo impeccabile, si sarebbe potuta scambiare per una maestrina delle scuole elementari. Doveva essere agli inizi della carriera, come si intuiva dalla serietà con cui svolgeva il compito che le era stato assegnato dai colleghi più anziani, probabilmente per non averla tra le scatole durante il sopralluogo nella stanza.

«In questa zona è in corso un'attività di polizia, *monsieur*. È interdetto l'accesso, non potete proseguire oltre» esclamò sforzandosi di apparire autorevole.

Alle sue spalle intervenne un uomo più anziano. Grassoccio, non molto alto e con pochi capelli grigi tagliati cortissimi. Era l'ispettore Muriel: comandava la squadra investigativa del commissariato. Aveva lavorato spesso con la Mobile di Imperia e conosceva bene gli agenti, con cui ogni tanto aveva organizzato qualche cena a Ventimiglia per rinsaldare gli ottimi rapporti di collaborazione, indispensabili tra organi di polizia transfrontalieri; ma anche per prendersi amichevolmente in giro davanti a una buona bottiglia di vino.

«Lascia stare, Sophie, sono i colleghi della polizia italiana. Falli passare.»

La Scientifica aveva già finito i rilievi, così fu concesso a Casabona e Proietti di dare un'occhiata alla stanza. Contenitori di ritagli di vita provenienti da altrove, pezzi di storie confuse che passano veloci attraverso pareti troppo sottili: sono così le camere d'albergo e quella non era diversa dalle altre.

Si trattava di una suite, ampia e ben arredata. Il letto matrimoniale non era stato ancora rifatto, perciò si notava che vi aveva dormito una sola persona. Lo stesso si desumeva dalla biancheria utilizzata in bagno, dagli indumenti nell'armadio e dallo spazzolino da denti: non vi era traccia di una seconda presenza. Tantomeno di una bambina.

La stanza era in ordine, non c'erano segni di colluttazione. Tutto era al suo posto. Le sedie, la scrivania, i due divani, il tavolino al centro del salotto e il televisore a schermo piatto da sessanta pollici attaccato al muro. Su un mobile erano appoggiati una teiera elettrica, due tazze, una zuccheriera e un cestino con bustine di tè di vario tipo.

Una portafinestra centrale dava su un terrazzino con una vista mozzafiato, che abbracciava quel tratto della Costa Azzurra che va da Cap Martin a Mortola. Proprio da lì era caduto Walter Guzman, qualche ora prima.

«Qui fuori non ci sono abiti, accappatoio o pantofole. Come era vestito quando si è buttato?» chiese Casabona all'ispettore Muriel.

«Indossava jeans, una maglia nera e un giubbino di pelle

nera imbottito. Di questi tempi fa freddo la mattina. Aveva anche un paio di stivaletti di pelle marroni. L'accappatoio è in bagno, usato. Insomma, si è svegliato, ha fatto la doccia e si è vestito come se dovesse andar via. Poi deve aver cambiato idea, o deve aver sbagliato uscita.» Rise per primo del suo humour nero – un classico dello sbirro che vuole mostrarsi cinico e navigato – e cercò subito la complicità dei suoi uomini che lo accompagnarono sorridendo a loro volta.

«Altri effetti personali? Cosa avete trovato?»

«C'è solo una piccola valigia con qualche cambio di biancheria intima, un altro paio di pantaloni e una maglietta. Poi i soliti accessori per l'igiene personale. Nulla di più. Si vede che non era partito per stare fuori a lungo.»

Sul terrazzino c'era un tavolo con due sedie. Al centro del tavolo una bottiglia di Calvados aperta; qualcuno aveva fatto qualche bevuta; un posacenere con una decina di mozziconi della stessa marca e un bicchiere di vetro con la scritta Hotel Prince de Galles. Il bicchiere era vuoto, ma sporco di liquore sul fondo.

«Analizzerete il contenuto del bicchiere?» domandò ancora Casabona.

«Il pubblico ministero ha già chiuso il caso. Non autorizzerebbe la spesa per fare esami tossicologici. Né sul contenuto del bicchiere, né su quello che resta del cadavere. D'altronde, è evidente che si tratta di un suicidio: non c'è traccia della presenza di altre persone. Non c'è nulla fuori posto.»

«Così sembrerebbe» ammise Casabona. «Lettere, biglietti che possano spiegare il gesto ne avete trovati?»

«No. Non c'è nulla di scritto. Non ci avrà nemmeno pensato. Secondo me si è seduto sul terrazzo a godersi la vista sul mare, ha bevuto un paio di Calvados, fumato qualche sigaretta e poi si è buttato giù. Tutto qui.»

«E perché lo avrebbe fatto?»

«Avrà pensato che ormai la vita non potesse offrirgli nulla di più bello di questo. Come dargli torto» rispose Muriel scherzando ancora. Poi continuò, ritornando serio di colpo: «Oppure voleva regalare un'esistenza di tormento ai genitori della bambina che state cercando. Perché, se veramente l'ha portata via lui, ora non c'è più nessuno a cui chiedere dove si trova. Che sia viva o sia morta. Sarà un supplizio eterno».

Casabona e Proietti si scambiarono uno sguardo carico di preoccupazione. Il collega francese aveva colpito nel segno.

«Avete trovato cellulari?»

«Uno solo, lo aveva nella tasca interna del giubbotto. Vi invieremo il numero e il contenuto della memoria dopo che lo avremo esaminato. Non più tardi di domani.»

Casabona si avvicinò al tavolo sul terrazzo.

«Quindi, se ho capito bene, voi qui avete finito? State andando via? Non avete nulla in contrario se il bicchiere lo prendiamo noi?» chiese il commissario.

«Per me potete portarvi via anche la bottiglia. È Calvados di buona qualità. Consideratelo un regalo della polizia francese e bevetelo alla nostra salute.»

«Ti ringrazio Muriel. Non ci sono altri bicchieri, vero?»

«No. Abbiamo trovato solo questo. Però, se vi piacciono, potete prendervi anche le due tazze e la teiera.» Questa volta esplose in una risata fragorosa, a cui fece eco quella dei suoi agenti, compresa la maestrina in uniforme che, nel frattempo, si era azzardata a entrare nella stanza non riuscendo più a resistere alla curiosità.

«No, grazie» rispose serio Casabona. «Il tè è roba per inglesi e francesi, noi italiani preferiamo il caffè.» Poi scambiò un cenno d'intesa con Proietti, il quale, dopo aver indossato un guanto in lattice, ripose la bottiglia di Calvados e il bicchiere in una busta di plastica sterile.

Salutarono e uscirono dalla stanza godendosi la faccia dei francesi, che evidentemente non avevano assorbito del tutto l'infamia di essere stati accomunati agli odiati inglesi.

7

Casabona, Proietti e Bini rientrarono a Valdenza in serata. La piazza antistante la questura era affollata dai mezzi della stampa, oltre a due furgoni con le parabole per la trasmissione in diretta. Alcuni inviati erano già in collegamento con le testate. Infreddoliti, agitavano il microfono e battevano i piedi per terra nelle pause pubblicitarie.

Non era facile entrare dall'ingresso principale senza essere notati. Il portone di legno, incastrato tra due colonne di marmo in stile classico, era presidiato da un nugolo di giornalisti tenuti a distanza con difficoltà dall'agente di vigilanza.

Il commissario decise di sfruttare l'effetto sorpresa e giocare sulla velocità. Alzò il bavero del giaccone e annodò la sciarpa a quadri scozzesi, poi scese dall'auto. Finse di essere impegnato in una conversazione telefonica mentre puntava a testa bassa l'entrata, come un giocatore di rugby diretto verso la meta.

Riuscì così a passare indenne e raggiunse subito l'ufficio del questore al secondo piano dell'antico palazzo. Era tenuto a informarlo sullo stato delle indagini ma, soprattutto, voleva fargli vedere che era rientrato per prendere in mano la situazione. Nonostante l'orario lo trovò ancora alla scrivania. Da come fu accolto, si rese subito conto che tirava una brutta aria.

«Venga Casabona, venga. Non immagina che piacere provo nel rivederla. La sua presenza dimostra che siamo scesi da due a una.»

«Non capisco signor questore.»

«Le persone scomparse, commissario... con la sua apparizione, sono scese da due a una. Ora che abbiamo ritrovato lei il più è fatto, manca solo la bambina. Dovrebbe essere la parte meno complicata della faccenda.»

Il sarcasmo pungente del questore lo irritava, in particolar modo al termine di una giornata come quella appena trascorsa. Ma bisognava ingoiare e farsene una ragione. Casabona provò a obiettare qualcosa per principio, ma senza alcuna convinzione: sapeva già che sarebbe stato inutile.

«Ho dovuto prendere un po' di ferie per motivi personali...»

Il questore era stato informato dei problemi di salute di sua moglie, perciò, in modo del tutto insperato, cambiò atteggiamento.

«Ho saputo... mi dispiace... spero che ora sia tutto a posto.»

«Diciamo di sì. Ad ogni modo sono qui. Sono rientrato e mi sto occupando del caso.»

«Bene. Anche perché vorrei che finisse questo assedio che mi impedisce di uscire dalla questura.»

«Ho visto quello che succede in piazza. Ma come mai tutto questo affollamento di giornalisti?»

«Oggi è mercoledì, Casabona, c'è *Chi l'ha visto?* in TV. Eccoli, stanno trasmettendo in diretta.»

Alzò il volume del televisore che si trovava su un tavolino alla sinistra della scrivania. Il commissario si girò sulla sedia e vide la giornalista che parlava sullo sfondo dell'ingresso della questura. Stava dicendo che avevano notato rientrare in tutta fretta il dirigente della squadra mobile, il dottor Tommaso Casabona, il quale si era chiuso nel più stretto riserbo. Non trapelava alcuna novità sulle indagini in corso. Poi la linea tornò allo studio di Roma, dove si trovavano la mamma e il papà della bambina scomparsa. Fu la prima volta che Casabona vide Elena Fiano e il marito, Mauro Bonelli. La donna appariva molto provata. Aveva non più di quarant'anni, il volto dai tratti delicati, gli occhi azzurri e i capelli biondi come la figlia. Anche il marito era un bell'uomo, con qualche anno in più di lei. Capelli brizzolati, alto e longilineo.

Furono invitati a lanciare un appello. Lo fece la madre, con la voce rotta dalle lacrime, mentre il marito le stringeva la mano.

«*Martina, amore, se ci stai vedendo stai tranquilla, io e il babbo ti vogliamo tanto bene e verremo presto a prenderti. Prego chi sta con lei o chiunque ne abbia notizie di mettersi in contatto con noi. Siamo disponibili a fare qualunque cosa per riportare la nostra bambina a casa.*»

La conduttrice mostrò ancora una volta la foto della bambina, con la scheda dati sulle modalità della sua scomparsa, per poi passare al caso successivo.

Il questore spense la TV; restarono qualche secondo a fissare lo schermo vuoto. Senza dire nulla.

Quando ripresero a parlare, il tono era decisamente cambiato. Erano rimasti entrambi turbati e sentivano il peso della responsabilità che cadeva loro addosso.

«Voglio essere onesto signor questore: siamo messi male, molto male. Siamo appena tornati dalla Costa Azzurra. Walter Guzman è morto. La polizia francese è convinta che si sia suicidato buttandosi dal quarto piano di un albergo sul lungomare di Menton. Era l'unica pista che avevamo. Ce l'ha indicata la stessa Elena Fiano, convinta che la bambina sia stata portata via da Guzman per vendicarsi della sua decisione di troncare la loro relazione. Aveva anche un SMS sul telefonino, inviatole da Guzman, che avallava i suoi sospetti. Ora dovremo ricominciare tutto da capo. Domani mattina voglio parlare con lei e con il marito in modo più approfondito.»

«Questo Guzman potrebbe aver lasciato la bambina da qualche parte. Potrebbe averla affidata a qualcuno.»

«O magari potrebbe averla uccisa e poi nascosto o distrutto il corpicino. Nel qual caso non la troveremmo mai. Comunque sia, lavoreremo a fondo per cercare di ricostruire tutti i movimenti di Guzman degli ultimi giorni. Non lasceremo nulla di intentato. La terrò informato, signor questore.»

«Casabona, ho fiducia in lei, faccia tutto il possibile per portarci fuori da questo casino.» Non c'era più sarcasmo o ironia nella sua voce: sembrava una sincera richiesta d'aiuto fatta da un uomo in difficoltà.

Squillò il telefono dell'ufficio.

«Le avevo detto di non passarmi telefonate… la segreteria del capo della polizia?… va bene, me la passi.»

Fece un cenno al commissario che comprese immediatamente e uscì dalla stanza.

8

Il giorno seguente si iniziò a lavorare di buon'ora. La regola della tolleranza negli orari non valeva quando c'era da sgobbare sul serio. Anzi, si applicava al contrario: bisognava arrivare in ufficio prima del dovuto, per mettersi avanti con il lavoro.

Casabona alle sette era già con il capo chino sul fascicolo che conteneva tutti gli atti sulla scomparsa di Martina Bonelli. Non si era tolto nemmeno il giaccone. Il riscaldamento era partito da poco e faceva ancora freddo nella stanza.

C'era odore di caffè nell'aria. Chi era sceso a fare colazione al bar aveva portato su qualche tazza in più, e una di queste era finita sulla scrivania del commissario. Un caffè a quell'ora era sempre ben accetto.

Fuori sembrava ancora notte. Il sole non si vedeva da qualche giorno a Valdenza. La lampada accesa creava un cono di luce che isolava la storia tragica raccontata in quei fogli dal resto delle cose futili del mondo. E dalla pigrizia di quella giornata che si avviava a scorrere lenta, ancora intontita dai bagordi delle festività natalizie appena trascorse.

La denuncia di scomparsa confermava ciò che gli aveva riferito l'ispettore Proietti, nulla di più. Se non il fatto che Elena Fiano, prima di addormentarsi, assumeva dei sedativi in gocce che gli aveva prescritto il marito. Per il resto la storia si poteva riassumere in due righe: la sera aveva messo a letto la bambina nella sua cameretta, la mattina alle otto era andata a svegliarla per la colazione e non l'aveva più trovata. La finestra della stanza era chiusa, così come le altre porte e finestre esterne della bella villa sulla prima collina di Valdenza. Non c'era nessun segno di effrazione. Evidentemente chi era entrato a prendere la bimba aveva le chiavi.

Nel fascicolo c'era la foto della piccola Martina, trasmessa a tutti gli uffici delle forze dell'ordine in Italia, e quella del messaggio inviato da Walter Guzman. SMS ricevuto da Elena Fiano alle sette della stessa mattina: *Mi hai rovinato la vita. Pagherai per quello che mi hai fatto.*

Poi c'era il carteggio sulle azioni intraprese dagli uffici della questura dopo che avevano ricevuto la segnalazione. Era stato attivato immediatamente il piano provinciale, era stato avvisato l'ufficio centrale del commissario straordinario del Governo per le persone scomparse e il pubblico ministero di turno, era stata inserita la nota di ricerca nella banca dati delle forze di polizia. Infine, con l'autorizzazione del procuratore di Valdenza, era stato attivato l'ICAAS.

Casabona controllò quei fogli uno per uno. C'era tutto, o come si usava dire nell'ambiente: *le carte erano a posto*. A prova di qualsiasi successiva ispezione o richiesta di chiarimenti. Ciò che si doveva fare era stato fatto. Ora bisognava inventarsi qualcos'altro per andare avanti e ritrovare la bambina.

La porta dell'ufficio, come al solito, era aperta ed entrò l'ispettore Proietti con in mano un bicchierino di plastica bianco.

«L'hai preso il caffè?»

«Già due da quando mi sono svegliato. Ti ringrazio Fabio,

ma per il momento possono bastare. La giornata è appena iniziata e sarà molto lunga.»

«Non fa nulla, lo bevo io. Ne ho proprio bisogno, stanotte ho dormito poco e male. Il pensiero di questa bambina, che non si sa dove sia e nemmeno se è viva o morta, non mi faceva prendere sonno. È una responsabilità enorme.»

«Credi che non lo sappia? Anche per me non è stata una notte facile. Pensavo allo strazio dei genitori, e non posso fare a meno di chiedermi: se fosse successo a mia figlia Chiara, come starei in questo momento? La scomparsa di una persona cara è persino peggio della morte. È un dolore che non si può elaborare, perché non è ancora un lutto. Resta vivo, sempre uguale a se stesso. È come il supplizio che Zeus ideò per punire Prometeo. Lo fece incatenare a una roccia e ordinò a un'aquila di mangiargli il fegato, che gli ricresceva durante la notte, così che ogni giorno il dolore si rinnovasse identico al giorno precedente. Quando scompare una persona, è come se si fosse persa in una terra di mezzo tra la vita e la morte. Un limbo che alimenta l'ansia della speranza e impedisce la rassegnazione. È lì che dovremo cercarla Fabio, nelle nebbie di quel luogo indefinito.»

«Hai qualche idea?» chiese Proietti, che intanto si era messo a sedere.

«Dobbiamo dividerci il lavoro. Tu e Bellini dovete ricostruire tutti i movimenti di Walter Guzman a partire dall'altro ieri mattina. Dalle 7 alle 12.45, quando è stato intercettato dalla polizia francese a Nizza. Dobbiamo capire che strada ha fatto per arrivarci, dove si è fermato, chi ha incontrato, con quale mezzo ha viaggiato, con chi ha comunicato. Bisogna acquisire i tabulati del suo telefono, i transiti telepass dell'autostrada, gli scatti degli autovelox, i video delle telecamere di sorveglianza di Valdenza, delle stazioni ferroviarie, degli Autogrill e delle stazioni di rifornimento situate sui possibili percorsi, gli estratti conto delle carte di credito e di pagamento. Chiama anche De Marco e Ruocco. Dagli una fotografia di Guzman e della bambina e fagli percorrere tutta l'autostrada da Valdenza a Ventimiglia. Di' loro di fermarsi a chiedere informazioni in ogni area di servizio. Dobbiamo trovare qualche traccia del loro passaggio.»

«Perfetto, ci mettiamo subito al lavoro.»

«Aspetta, Fabio. Penso che sia anche il caso di mettere sotto controllo i telefoni dei coniugi Bonelli, sia i cellulari che quello di casa. Non possiamo escludere che dietro ci sia un rapimento a scopo di estorsione e che possa arrivare una richiesta di riscatto. Dobbiamo essere pronti a ogni possibile sviluppo, senza escludere nessuna pista.»

«Allora facciamo anche una ricognizione dei loro conti bancari?»

«Buona idea. Così, se dovesse servire, sapremo già dove sono i depositi da congelare. Io li sto aspettando, i Bonelli. Arriveranno alle otto. Li voglio sentire in modo più approfondito, e separatamente. A proposito, ho letto la denuncia di scomparsa, come mai l'ha presentata solo la madre della bimba?»

«Il marito è un noto dermatologo. Era fuori città. Si trovava a Torino dal giorno prima per partecipare a un convegno. Ci ha messo qualche ora per rientrare, appena saputo della notizia.»

Rimasto solo, Casabona si ritrovò a fissare la fotografia della piccola Martina. Era stata scattata da poco, si vedeva che la bambina non poteva avere meno di tre anni, eppure era già l'immagine di una persona morta, che in qualche modo non esisteva più. Apparteneva a un tempo andato. Raffigurava l'attimo unico, irripetibile, di una vita che scorre impetuosa e non si attarda ad aspettare. Martina poteva restare intrappolata per sempre in quella foto oppure uscirne. Dipendeva da quello che lui e la sua squadra sarebbero stati capaci di fare per riportarla a casa.

9

Elena Fiano e Mauro Bonelli si presentarono negli uffici della squadra mobile alle otto in punto. Per la verità erano arrivati molto prima, ma avevano atteso l'orario stabilito sotto l'antico palazzo in piazza San Leone.

Sul loro viso tirato si leggeva la stanchezza delle notti insonni passate ad aspettare una buona notizia, una telefonata, un segnale. Cosa che non era avvenuta. Neppure l'appello della sera prima durante *Chi l'ha visto?* aveva prodotto risultati. C'erano state tante segnalazioni ma nessuna utile. La bambina era stata avvistata in una decina di posti diversi in tutta Italia, ma purtroppo i riscontri avevano dimostrato che si trattava solo di somiglianze o di abbagli di gente in vena di protagonismo.

Casabona spiegò che aveva bisogno di parlare con loro separatamente. Per motivi procedurali, disse. In realtà, avendo necessità di indagare più a fondo sui rapporti tra la donna e Walter Guzman, pensava non fosse il caso di affrontare l'argomento in presenza del marito. Sicuramente ne sarebbe stata condizionata. Così fece accomodare Bonelli in sala d'attesa e rientrò nel suo ufficio insieme alla moglie.

Si sedettero. Lei era vestita come l'aveva vista in TV: jeans infilati dentro un paio di stivali neri, un maglioncino blu notte e un blazer nero che faceva risaltare il biondo dei capelli. Probabilmente non aveva fatto in tempo a cambiarsi tornando da Roma. Sul viso solo un accenno di trucco. Nell'aria intorno a lei una nota di profumo spruzzato da poco, forse appena prima di entrare in questura, che arrivava fresca e leggera sovrapponendosi all'aroma del caffè nella stanza.

Il commissario, senza rendersene conto, aprì il dialogo nel peggior modo possibile.

«Ho da darle una brutta notizia...»

Elena sobbalzò sulla sedia portandosi una mano alla bocca. Vedendo che stava per piangere, Casabona si accorse della gaffe e si affrettò a continuare.

«No, no... non riguarda la bambina, stia calma. Volevo dirle che Walter Guzman è morto. Si è suicidato lanciandosi nel vuoto dal terrazzo di un albergo a Menton, in Costa Azzurra.»

Alla donna sfuggì un sospiro di sollievo prima di rendersi conto che si trattava comunque di un fatto terribile.

«Ma c'era anche Martina con lui?»

«No. Era da solo. È stato fermato dalla polizia francese a Nizza, l'altro ieri, e poi rilasciato nella stessa serata. Ieri mattina hanno rinvenuto il suo cadavere sul lungomare di Menton. Non è stata trovata alcuna traccia di sua figlia.»

«Ma non è possibile...»

«Siamo andati anche noi in Francia. Abbiamo ispezionato la camera dove alloggiava, ma c'erano solo gli effetti personali dell'uomo. Anche i dipendenti dell'albergo non hanno visto nessuna bambina.»

La donna ripeté la stessa frase incredula, come se non avesse sentito le parole del commissario. «Ma non è possibile...»

«È così signora, mi creda, abbiamo cercato dappertutto. Adesso ho bisogno di capire perché lei è così convinta che sia stato proprio Guzman a portarla via.»

Elena Fiano non ascoltava più. Continuava a parlare con se stessa, stordita da quella notizia. Persa tra le sue paure, barcollava come un'ubriaca che non riesce a centrare la porta per uscire da una stanza. «Ma ora come facciamo? L'avrà lasciata da qualche parte. Come faremo a sapere dove, se lui non può più dircelo? O mio Dio, come facciamo?»

«Signora, cerchi di calmarsi. Non dobbiamo perdere la lucidità. Stiamo facendo tutto il possibile, ci sono i migliori investigatori di Valdenza al lavoro per ricostruire i movimenti di Guzman. Ha bisogno di qualcosa? Vuole un bicchiere d'acqua? Le faccio portare un caffè?»

La donna cercò di recuperare un contegno. Tirò verso di sé la grande borsa di pelle marrone che teneva appoggiata sulle ginocchia, come a volerla stringere in un abbraccio istintivo.

«No, grazie commissario, non ho bisogno di niente. Sto bene. Mi scusi, è che sono molto stanca. Da quella mattina maledetta non dormo più.»

«Con quello che sta passando è assolutamente comprensibile. Ora mi faccia capire perché è convinta che Guzman possa aver compiuto un gesto del genere. Ho bisogno che mi spieghi bene che tipo di rapporto c'era tra voi.»

«Ha letto il messaggio che mi ha inviato la mattina della scomparsa?»

«Sì, l'ho visto. Ne abbiamo una foto nel fascicolo. Ma perché quell'uomo ce l'aveva così tanto con lei?»

Elena prese coraggio, fece un profondo respiro e cominciò a raccontare.

«Io e Walter siamo stati amanti. Ci siamo conosciuti circa un anno fa. Frequentavamo la stessa palestra, il Meeting.»

Per un attimo si bloccò di nuovo.

«Mio marito non c'è mai. Quando non è in giro per i suoi convegni, è sempre impegnato. Con l'ambulatorio, il ciclismo amatoriale, il tennis, la caccia. A volte non lo vedo per settimane...»

Casabona la interruppe. «Signora Fiano, lei non si deve giustificare con me. Io non sono qui per giudicare la sua vita privata. Non sono un prete. Ho solo il dovere di fare il possibile per trovare sua figlia. Del resto non mi interessa. Quindi stia tranquilla e mi racconti tutto, le cose che dirà rimarranno tra noi. Mi servono solo per capire come muovermi. Per far bene il mio lavoro, ho bisogno che mi dica la verità.»

Si guardarono negli occhi. Elena sentì che poteva fidarsi di quell'uomo dall'atteggiamento burbero e i tratti severi, ma, al tempo stesso, rassicurante e protettivo. Un uomo che sapeva bene come vanno le cose nella vita, al di là delle ipocrisie e dei moralismi di facciata.

Riprese a parlare. «Come le dicevo ci siamo frequentati nell'ultimo anno. Non ci vedevamo spesso. Una volta alla settimana, non di più. In genere ci incontravamo nel primo pomeriggio. Passavamo un po' di tempo insieme in un motel fuori Valdenza, fino all'orario d'uscita di Martina dall'asilo. Il nostro è stato un rapporto passionale, ci trovavamo bene a fare l'amore, tutto qui. Non c'erano altre forme di coinvolgimento. Almeno per me. Erano momenti di evasione che finivano lì, non ho mai pensato di mettere in crisi il rapporto con mio marito, nonostante tutto. E comunque non lo avrei mai fatto con uno come lui. Certo, a letto era bravo, ma per il resto è... anzi, era, uno spiantato. Un poco di buono che viveva alla giornata. Era anche una persona violenta. A volte mi faceva paura.»

«Che lei sappia, faceva uso di sostanze stupefacenti?»

«Sì, ogni tanto tirava cocaina.»

«E lei?»

«Io cosa?»

«Ne faceva uso?»

Elena si aggiustò i capelli all'indietro, infastidita. Prese una sigaretta dal pacchetto che aveva in borsa e fece per accenderla.

«Posso fumare?»

«Solo se mi promette che non dirà a nessuno che le è stato permesso di farlo in un ufficio pubblico.»

«Promesso» assicurò lei abbozzando un sorriso. Accese la sigaretta, aspirò un paio di boccate e continuò: «Io le promesse le mantengo. Non come lei».

«Perché mi dice questo?» chiese Casabona allungandole il portacenere di cristallo di Boemia che teneva sulla scrivania, ricordo di un viaggio a Praga con Francesca.

«Perché mi aveva assicurato che non mi avrebbe giudicata. Ora, invece, mi chiede addirittura se facevo uso di droga.»

«Non lo faccio per giudicarla. Ho solo bisogno di capire che tipo di rapporto c'era tra voi. A quale livello di complicità eravate arrivati per scatenare in Guzman una reazione di questo tipo.»

Elena si girò leggermente verso la porta, come ad assicurarsi che fosse ben chiusa.

«No, io non la usavo. Ogni tanto Walter la portava per sé, diceva che gli dava una marcia in più. Io sono sempre stata contraria. Anzi, mi sentivo offesa, come donna, nel sapere che aveva bisogno di quella robaccia per caricarsi. Poi me ne sono fatta una ragione. Fingevo di non accorgermi di nulla quando usciva dal bagno tirando ancora su con il naso.»

«Quando vi siete lasciati?»

«Circa un mese fa, agli inizi di dicembre. Si avvicinavano le feste di Natale, mio marito aveva ripreso a stare di più a casa. Mi sentivo sporca per quello che facevo. Il senso di colpa che mi portavo dentro fin dal principio della storia divenne insopportabile, così dissi a Guzman che era finita. Che non avevo più intenzione di vederlo.»

«E lui come reagì?»

La donna spense la sigaretta nel portacenere e si ritrasse sulla sedia.

«La prese male. Mi chiese di ripensarci. Ma io ero determinata, così cominciò a offendermi. Mi disse che sarebbe finita solo quando lo avesse deciso lui. Che ormai ero sua e non potevo sfuggirgli. Cose di questo tipo. Mi fece paura quel giorno, sembrava un animale ferito. Per questo smisi di frequentare la palestra dove ci eravamo conosciuti. Iniziò a tempestarmi di SMS. Alternava messaggi affettuosi con altri di minaccia. I primi giorni rispondevo cercando di farlo ragionare, poi lasciai perdere. Pensai che, ignorandolo, se ne sarebbe fatto una ragione.»

«Li ha conservati quei messaggi?»

«Purtroppo no. Mi arrivavano su un altro cellulare che mi aveva regalato Walter. Nel frattempo me ne sono disfatta: prima di Natale l'ho buttato nel bidone della spazzatura. Pensavo che, così facendo, mi sarei liberata anche di lui. Che non avrebbe potuto più tormentarmi. Invece, ha trovato il modo per continuare.»

«Si ricorda il numero dell'utenza?»

«No, mi dispiace. Non ho mai avuto necessità di memorizzarlo. Lo usavamo solo per comunicare tra noi.»

«Va bene, non fa nulla. Lo troveremo nei suoi tabulati. Ora mi dica: Guzman ha mai minacciato di far del male a sua figlia?»

«No. Però diceva che avrebbe rovinato la mia vita familiare facendo sapere tutto a mio marito. Aveva alcuni video che ci riprendevano nell'intimità e minacciava di divulgarli... Dio mio, che vergogna, ma è proprio necessario tutto questo, commissario? Ho sbagliato, lo so. Dio sa come vorrei tornare indietro, non rifare quegli errori. Ma ora voglio trovare mia figlia. Mi aiuti, la prego.»

Casabona capì che si era spinto troppo oltre, ormai la donna era in uno stato di prostrazione.

«Ha ragione, mi scusi. Devo chiederle ancora una cosa e poi avrò finito. Se la sente?»

«Va bene» rispose lei con un filo di voce.

«Guzman conosceva la sua casa? C'era mai stato?»

Elena sembrò risentita. «Certo che no. Pensa che sia il tipo di donna che si porta l'amante a casa? Nel letto dove dorme con il marito?»

«Non volevo dire questo. Le chiedevo, semplicemente, se lui sapeva dove abitate e se ci era mai stato. Anche solo per prendere un caffè.»

«Con me non c'è mai stato. Ma non posso escludere che conoscesse l'indirizzo. In palestra era scritto nella mia scheda personale, alla portata di tutti.»

«Allora come ha fatto a entrare in casa sua? Chi ha preso Martina è entrato con le chiavi. Non ci sono serrande rotte o segni di effrazione alle porte. A meno che lei non abbia lasciato qualche ingresso aperto, quella notte.»

«Lo escludo. Sono maniacale in questo. Soprattutto quando non c'è mio marito, controllo che tutto sia chiuso, stanza per stanza.»

«Dove tiene le chiavi di casa, normalmente?»

«Le porto sempre con me, come ora» rispose la donna tirando fuori un mazzo di chiavi dalla borsa marrone. «Mio marito dovrebbe avere le sue e una copia di riserva.»

«È mai capitato che Guzman si trovasse da solo con la sua borsa a disposizione?»

«Tutte le volte che siamo stati insieme. Prima di andare via facevamo la doccia. Andavo sempre per prima, e lasciavo la borsa sul tavolo della camera.»

«Potrebbe essersi fatto un calco della chiave mentre lei era in bagno» concluse il commissario.

«Visto ciò che è stato capace di fare dopo, non lo escluderei affatto. Anzi, non mi meraviglierebbe se mi avesse anche rubato dei soldi, quel bastardo.»

«Tornando a quella notte, si ricorda se ha sentito qualche rumore insolito? Oppure sua figlia strillare o lamentarsi.»

«Non ricordo nulla, commissario. Da un mese ho iniziato a prendere dei farmaci per facilitare il sonno, me li ha prescritti mio marito. Solo così riesco a riposare, visto quello che mi ha fatto passare Walter.»

Casabona si alzò dalla poltrona. «Può bastare, signora Fiano. Ora devo parlare con suo marito. Cosa sa di quanto ci siamo detti?»

«Quando è tornato da Torino, dopo il rapimento di Martina, era sconvolto. Gli ho raccontato tutto. Non potevo fare altrimenti. La vita di nostra figlia conta molto più del nostro matrimonio.»

Il commissario accompagnò la donna alla porta e le strinse la mano tra le sue.

«È terribile quello che le sta accadendo, ma può essere certa che stiamo facendo tutto il possibile per riportarle Martina sana e salva, e continueremo a farlo. Lei, però, deve cercare di riposare un po'. Non potrà resistere a lungo in queste condizioni.»

10

Il dottor Mauro Bonelli era quello che si può definire un uomo di successo.

Cinquantenne, brizzolato, abbronzatura da lampada e da piste da sci, fisico tonico da sportivo, mani affusolate con unghie curate, abito beige con giacca avvitata, camicia slim fit con il primo bottone aperto, scarpe da cinquecento euro ai piedi, calzini in tono con il fazzoletto che spuntava dal taschino della giacca, Rolex Submariner al polso sinistro, una moglie più giovane di lui, una casa accogliente, sicuramente anche una bella amante, un'auto di lusso e un bel conto in banca.

Casabona lo fece accomodare e restò a osservarlo per qualche istante. Era come vedersi riflesso in uno specchio magico che gli rimandava tutto ciò che lui non era. Fatta eccezione per l'età e il colore dei capelli.

Eppure, pensò, essere così diverso gli stava bene: in fondo ci si può sentire realizzati e in pace con se stessi in tanti modi. L'unica cosa che non riusciva proprio a mandar giù era il Rolex al braccio sinistro. Gli anni di servizio a Napoli avevano deformato la sua percezione di certi dettagli, visto che spesso erano stati causa di scippi e rapine che lo avevano impegnato in estenuanti, quanto inutili, indagini. Soprattutto in estate, quando temerari e sprovveduti turisti decidevano di godersi il vento dal finestrino aperto dell'auto, per rinfrescare le ascelle sudate... Non potendo più fare a meno di distinguere gli uomini in base al braccio su cui decidevano di portare un orologio di valore, Casabona non ebbe alcun dubbio: il dottor Bonelli era un coglione. Di successo, ma pur sempre un coglione. Pensarlo lo fece star bene: era quasi terapeutico rispetto all'amara considerazione che lui un orologio del genere non se l'era mai potuto permettere.

Ma c'era qualcosa che avvicinava i due uomini a dispetto delle loro differenze: anche il commissario aveva una figlia e non poteva che empatizzare con l'altro per il dramma che stava vivendo.

«Dottor Bonelli, come ho già detto a sua moglie, voglio che lei sappia che stiamo facendo di tutto per ritrovare sua figlia. Non lasceremo nulla di intentato.»

«Ne sono sicuro, commissario. Ma sono passati già due giorni e non abbiamo alcuna notizia.»

«Stiamo lavorando sulla pista che ci è stata indicata da sua moglie fin dal primo momento. Lei è convinta che sia stato un certo Walter Guzman a rapire la bambina. Lo conosce?»

L'uomo congiunse le punte delle dita, spingendole una contro l'altra fino a farle schioccare. Un modo per mascherare la tensione che gli aveva fatto irrigidire il collo.

«A quanto pare è stato l'amante di mia moglie. Questo dovrebbe saperlo.»

«Sì, lo so. Le stavo chiedendo se lo conosceva.»

«No, commissario. Non l'ho mai visto e non ho idea di chi sia.»

«È morto. Ieri. Si è suicidato in Francia.»

Il dottor Bonelli accavallò le gambe. Si sistemò il polsino della camicia che usciva dalla manica della giacca. «Devo dirle che mi dispiace?»

«È paradossale, ma dovrebbe. Perché era l'unica persona che avrebbe potuto dirci dove si trova sua figlia. Sempre che l'abbia rapita lui. Lei cosa ne pensa? Potrebbe esserci qualche altra spiegazione? Non so... qualcuno che poteva avercela con lei. Oppure un rapimento finalizzato a chiedere un riscatto?»

«Non penso proprio. Io faccio il dermatologo, non ho nemici che possano odiarmi al punto da organizzare una cosa del genere, e non sono tanto ricco da poter pagare grosse somme di denaro. Credo che mia moglie abbia ragione a pensare che sia stato Guzman. Lei aveva deciso di lasciarlo, lui l'ha presa male e ha voluto vendicarsi. Per Elena è stato un momento di debolezza. Mi sento in parte responsabile di quello che è accaduto. Negli ultimi tempi ero troppo preso dal lavoro. L'ho lasciata sola. Sono stato un egoista, pensavo solo a me stesso. Non posso biasimarla per quello che ha fatto. E poi, mi creda commissario, in questo momento per me la vita di mia figlia è l'unica cosa che conta veramente. Il resto si aggiusta con il tempo.»

Non era molto diverso da quanto aveva espresso poco prima Elena Fiano. E non era poi tanto originale, notò Casabona. Quanti matrimoni si reggono solo sul senso di responsabilità verso i figli? Quante cose si sopportano o si fa finta di non vedere? Quante volte si torna indietro fingendo, perché l'unica cosa che conta veramente sono loro, i bambini che stanno a casa ad aspettare? In fondo era un fatto naturale, si disse. In ogni specie animale, il maschio e la femmina si accoppiano per allevare dei cuccioli. L'amore sarebbe solo una sovrastruttura culturale o, come scriveva Schopenhauer, un'illusione della condizione umana. Ma se fosse stato veramente così, si chiese, perché in quello stesso istante avvertiva un groppo alla gola pensando di poter perdere Francesca? I loro figli ormai erano grandi e avevano le proprie vite, eppure lui non riusciva a immaginare di tornare in un posto dove non ci fosse lei ad aspettarlo. Forse perché l'amore è un'abitudine? O forse, invece, i figli sono solo un'ottima scusa per fare un passo indietro senza sentirsi feriti nell'orgoglio?

Si rese conto che si era allontanato troppo da quella stanza, inseguendo i propri pensieri, quando lesse l'attesa sul viso di Bonelli.

«Ha da chiedermi altro? Vorrei tornare a casa. Io e mia moglie abbiamo bisogno di riposare un po'.»

«Certo, capisco. Le farò solo un altro paio di domande e poi vi lascerò andar via. Ha notato qualcuno di sospetto negli ultimi tempi?»

«Non ho notato nulla di strano. Quantomeno niente che abbia attirato la mia attenzione.»

«Avete un sistema d'allarme a casa?»

«Sì, abbiamo un allarme collegato alle porte e alle finestre, ma non era in funzione. Mia moglie se ne dimentica e lo fa scattare continuamente, così abbiamo deciso di non attivarlo quando siamo in casa.»

«Qualcun altro possiede le chiavi di casa vostra, oltre lei e sua moglie?»

«No. Questo lo escludo. Ne abbiamo tre copie. Questa è la mia,» dalla tasca destra tirò fuori un mazzo di chiavi «l'altra ce l'ha Elena, e una terza la teniamo di riserva in un cassetto dello studio.»

Il commissario lo accompagnò fino alla sala dove lo aspettava la moglie e li congedò entrambi rassicurandoli ancora una volta.

11

A metà mattinata arrivò una notizia. Né buona né cattiva, semplicemente una notizia. Il che è sempre un fatto positivo se un'indagine rischia di affogare nelle acque stagnanti di una palude. L'ispettore Proietti la introdusse nell'ufficio di Casabona facendola precedere da quell'accenno di sorriso compiaciuto che non riusciva a trattenere quando aveva qualche novità da condividere.

«Hanno trovato la macchina di Guzman, una Opel Vectra nera. Era parcheggiata e chiusa a chiave nel piazzale della stazione di Ventimiglia. La polizia ferroviaria ha visionato le immagini delle telecamere di sorveglianza e lo ha individuato mentre prendeva il treno delle 11 per Nizza. Ci hanno inviato i fotogrammi per posta elettronica. Si tratta di lui, senza ombra di dubbio. È inconfondibile, con la sua testa pelata.»

«C'era anche la bambina?» chiese d'istinto il commissario.

«No. Guzman era solo. Fin da quando è sceso dall'auto.»

«Cazzo» esclamò stizzito Casabona, lasciando cadere la penna che aveva in mano. Si alzò dalla scrivania e si avvicinò alla finestra, come faceva di solito quando aveva bisogno di stemperare la tensione.

«L'hanno aperta? Hanno guardato all'interno?»

«Sì. L'hanno ispezionata i colleghi della Mobile d'Imperia. Non hanno trovato nulla che possa far pensare alla presenza della bambina. L'auto è stata sequestrata e la Scientifica la sta facendo portare a Valdenza per esaminarla in modo più approfondito. Faranno una ricerca di impronte e di tracce di DNA.»

Il commissario fece un rapido calcolo, mentre osservava dal vetro appannato la piazza sottostante.

«Se consideriamo che da Ventimiglia a Nizza in treno ci vuole un'ora, è evidente che la polizia francese l'ha fermato poco dopo il suo arrivo. Resta da capire cosa ci sia andato a fare proprio lì.»

«Forse pensava di far perdere le sue tracce...»

«O forse doveva incontrare qualcuno... che poi, magari, lo avrebbe aiutato a nascondersi.»

L'ispettore Proietti si mise a sedere e aggiunse: «I colleghi francesi ci hanno riferito che, quando lo hanno fermato, non aveva proprio l'atteggiamento di uno che voleva nascondersi. Lo hanno trovato seduto tranquillamente al tavolino di un bar, non ha provato a scappare e non ha opposto resistenza. Anzi, pare che si sia dimostrato sorpreso quando gli hanno comunicato il motivo del fermo. Ha sempre negato tutto durante l'interrogatorio. Con il suo atteggiamento provocatorio, certo, ma ha sempre negato tutto».

Casabona si girò verso di lui per guardarlo negli occhi. «Cos'è? Ti vengono dubbi che possa non essere stato Walter Guzman a rapire la bambina?»

«Non ho dubbi ma neppure ne sono convinto, almeno fino a quando non troveremo una prova concreta che lo dimostri.»

«Questo è il modo giusto di ragionare. Ecco perché ho sempre pensato che sei un ottimo investigatore.» Casabona tornò a sedersi, poi riprese: «Comunque il ritrovamento dell'auto ci consente di ridurre ulteriormente il periodo temporale su cui concentrarci e di escludere che la bambina sia stata portata in Francia. È poco, ma è meglio di nulla».

«Per avere qualcosa in più dobbiamo aspettare i tabulati del telefono di Guzman. Dovrebbero arrivare nel pomeriggio. Con un po' di fortuna potremo ricostruire il percorso seguito per arrivare a Ventimiglia. E poi dovrebbero tornare anche De Marco e Ruocco con l'esito degli accertamenti che stanno facendo nelle stazioni di servizio e negli Autogrill. Vedrai che qualcosa verrà fuori.»

«Lo spero» commentò Casabona. Poi, quasi con pudore, continuò: «Tra un po' dovrò andar via. Tornerò nel tardo pomeriggio. Oggi operano Francesca. Le devono asportare il nodulo al seno. Alessandro e Chiara sono già in ospedale con lei, ma voglio esserle vicino anch'io».

«E ci mancherebbe, Tommaso. Stai tranquillo, resto io a seguire la situazione. Non starò a chiamarti, non voglio disturbarti. Quando avrai finito ci ritroverai qui.»

12

«Ti va di fare una passeggiata?»

«Com'è il tempo fuori?» chiese la donna prima di rispondere.

L'uomo si alzò con lentezza, appesantito dagli anni e dalle troppe cene con i colleghi dei vigili del fuoco. Fece due passi e raggiunse la finestra. Spostò la tenda, si avvicinò fin quasi a toccare il vetro con il naso e guardò in su.

«È bello stamattina. Il sole è già alto. La pioggia e il vento di stanotte hanno ripulito l'aria» disse mentendo spudoratamente. Poi tornò a sedersi.

Lei si convinse. «Va bene, usciamo. Tu vieni così?»

«Tolgo il maglione e metto una giacca. Porterò anche il cappotto. La temperatura si è abbassata e fa freddo.»

«Il loden blu che piace a me?»

«Certo, quello.»

«Anche io ho bisogno di cambiarmi. Cosa vuoi che indossi?» domandò la donna, sforzandosi di dare un tono alla voce stanca e al viso segnato dalla sofferenza degli ultimi giorni.

Lui ricambiò con un'occhiata ammiccante. «Il vestito rosso. Quello che hai comprato per la comunione di Alessia. Mi è sempre piaciuto, lo sai.»

Gli si accese un ricordo. Che notte fu quella, dopo che tutti gli invitati erano andati via. L'aveva osservata con desiderio per tutta la serata. Quell'abito esaltava le sue forme sinuose e gli stringeva il seno fin quasi a farlo uscire dalla scollatura. Nonostante il tempo passato, quell'immagine impressa nella memoria ancora gli faceva lo stesso effetto. Ebbe un fremito che si spense in un lieve sorriso.

«Va bene» lo rassicurò lei, che non si accorse di nulla. Si aggiustò i capelli e gli si fece più vicino. Lui la prese per mano.

«Dove andiamo?» gli chiese ancora.

«Al parco. Ce ne staremo un po' seduti a guardare i bambini che giocano.»

«Per strada potremmo fermarci al bar. C'è ancora quello con il nome del caffè in piazza San Marco... come si chiama...?»

«Il bar Florian?»

«Sì, quello. È tanto che non ci andiamo.»

«Eccolo lì. È aperto. Entriamo. Beviamo qualcosa. Cosa vuoi?»

«Desidero tanto una cioccolata calda e qualche biscotto secco.»

«C'è Mario al banco... Mario ci porti due cioccolate calde e qualche biscotto? Ci sediamo al tavolo.»

Rimasero per un po' in silenzio.

«Ti è piaciuta la cioccolata? Era come la ricordavi?» chiese lui.

«Squisita, mi è sembrata addirittura più buona.» Rise.

Lui ne gioì, era da tempo che non la vedeva così serena. Si sentiva fiero di essere stato lui a realizzare quella specie di miracolo. «Sulla panchina non c'è nessuno. Andiamo prima che la occupino» la esortò.

Lei sospirò. «Che bello il parco. Ci stavo sempre volentieri con la bambina quando tu eri al lavoro. Si chiacchierava con le altre mamme e si prendeva il sole.»

«Qualcuna di loro ancora lo frequenta. C'è la signora Rita, la moglie del fornaio. Caspita, come è ingrassata. Era una gran bella donna da giovane, poi si è lasciata andare. Dicono che sia anche un po' fuori di testa, ultimamente. Te la ricordi come era fino a qualche anno fa?»

«Te la ricordi?» chiese ancora.

La donna non rispose. Lui si girò a guardarla: si era addormentata.

Le tenne ancora un po' la mano, poi la lasciò andare delicatamente per non svegliarla. Le sistemò le lenzuola, il cuscino, e si avviò verso la porta. Solo allora sembrò accorgersi di Casabona e gli fece un cenno di saluto.

Il commissario era seduto di fianco a un letto vuoto, in quella stanza dell'ospedale di Valdenza. Aspettava Francesca che era stata accompagnata in sala operatoria. Teneva aperto un settimanale trovato sul comodino e faceva finta di leggere. Aveva assistito in silenzio all'immaginaria passeggiata, dolce e disperata al tempo stesso.

«È da un po' che non cammina più. È sempre stanca per via della malattia. Ma con un po' di fantasia si può andare ovunque. Abbiamo tanti luoghi, nei nostri ricordi, dove tornare. Basta solo chiudere gli occhi e lasciarsi andare» sussurrò l'uomo mentre gli passava davanti. Come a volersi giustificare.

Casabona annuì, cercando di nascondere l'imbarazzo dietro un complice sorriso di comprensione. Poi si avviò verso il reparto chirurgia, dove i suoi figli stavano attendendo che la madre uscisse dalla sala operatoria.

13

Chiara era scesa a mangiare qualcosa al bar, mentre Alessandro se ne stava seduto ad aspettare su una panchina, nell'androne del terzo piano dell'ospedale.

«Ti hanno detto nulla?» chiese il commissario al figlio.

«Non si è visto nessuno. Mamma è entrata da meno di un'ora. Se si considera la preparazione, l'anestesia e il periodo di osservazione dopo l'intervento, credo che ci vorrà ancora del tempo.»

Casabona lo accarezzò con lo sguardo. Poi si sedette al suo fianco. Provava un piacevole senso di stupore ogni volta che si trovava a constatare che il suo ragazzo era diventato un uomo. Non si era ancora abituato. Stava venendo su bene Alessandro, nonostante tutto quello che aveva passato. Moro, alto, slanciato, tranquillo e sicuro di sé. Negli ultimi tempi si era anche fatto crescere la barba. La portava corta e ben curata. Casabona era fiero di lui. Del suo equilibrio e della capacità di affrontare situazioni difficili con serenità. Doti che sicuramente gli derivavano da quella forza interiore che gli aveva consentito di uscire dal tunnel della droga.

Trascorsero qualche minuto senza dirsi altro, ammantati in un silenzio denso di emozioni condivise, di quelli che non hanno bisogno di parole per essere riempiti. Di tanto in tanto il loro sguardo finiva sul vetro sabbiato che chiudeva l'accesso al corridoio delle sale operatorie. Ognuno cercava di non farsi notare mentre lo faceva, per non trasmettere ansia all'altro.

Dopo un po' Alessandro riprese a parlare. «Ho letto di questa brutta storia della bambina scomparsa, papà. Lo sai che conoscevo Walter Guzman?»

«Walter Guzman? Come lo conoscevi?» chiese stupito il commissario.

«È stato in comunità da noi. Aveva iniziato un percorso di recupero, che stava cominciando a dare i suoi frutti. Quando fu accolto era messo davvero male. Faceva uso di qualsiasi sostanza che lo aiutasse a spegnere il cervello e a non pensare. Alcol, eroina, cocaina, droghe sintetiche. Tutto quello che gli capitava a tiro. Mi raccontò che da ragazzo, quando non aveva soldi, arrivava anche a sniffare colla e carburanti. Con me aveva stabilito un buon rapporto, passavamo ore a chiacchierare la sera. Mi parlava della sua vita. Guzman era il cognome della madre: un'immigrata dominicana. Il padre non l'aveva mai conosciuto, li abbandonò ancora prima che lui nascesse. Visse l'infanzia con la mamma e il nonno materno. Poi anche lei se ne andò via. Sposò un suo connazionale e tornò a vivere nella Repubblica Dominicana. Walter restò in Italia con il nonno, che morì un anno dopo per le botte ricevute durante una rissa tra extracomunitari ubriachi. Così si ritrovò da solo a 12 anni. I servizi sociali provarono ad affidarlo a una comunità, ma gli andò male anche in quel caso.»

«Non mi dire che si trattava della comunità "La siepe".»

«Lo portarono proprio lì. Poveraccio. Dopo un anno di abusi e violenze scappò. Prese un treno per Milano, dove rimase a vivere per strada. Oltre alla droga, imparò anche a usare la forza per sopravvivere. Entrò in una gang di latinos e si fece spazio con la violenza, attraversando le peggiori esperienze e diventando una persona spietata a furia di prendere calci in faccia dalla vita. Un duro. Ma lui, dentro, non era veramente così. Era come quei cani che vengono picchiati e seviziati per essere addestrati ai combattimenti clandestini, fino a che non impazziscono. Da noi, però, Walter stava cambiando. Era riuscito a ritrovare un minimo di fiducia in se stesso e negli altri. Aveva anche ripreso a sorridere, ogni tanto.»

«E poi che cosa è successo?» chiese Casabona sempre più interessato.

«Conobbe una donna, qui a Valdenza, e iniziò a frequentarla. Questo andava contro le nostre regole, almeno finché non avesse concluso il suo percorso di recupero. Per restare in comunità non è consentito avere distrazioni esterne e non si può entrare e uscire a piacimento. Ci sono delle prescrizioni rigide ed è essenziale osservarle. Io e don Angelo cercammo di farglielo capire, ma Walter aveva letteralmente perso la testa. Diceva che l'amava e che lei gli aveva promesso che avrebbe lasciato il marito per costruire una nuova vita insieme a lui. Così decise di andare via. Qualche mese dopo venimmo a sapere che aveva ripreso a fare uso di cocaina. Era proprio quella donna a procurargliela. A quanto pare non aveva problemi di soldi e lei stessa ne faceva uso da tempo. L'ho rivisto qualche settimana fa. Era di nuovo in condizioni pietose. La signora si era guardata bene dal lasciare il ricco marito. Anzi, quando si era scocciata di quel gioco che le provocava emozioni forti, aveva dato il benservito al suo pitbull e se ne era liberata. Aggiungendo l'ennesima delusione.»

«Ma come fai a essere sicuro che fosse lei a procurargli la cocaina?» gli chiese il padre.

«Perché me lo ha detto Walter l'ultima volta che ci siamo visti. L'ha maledetta per questo e poi ha mandato a quel paese anche me, dicendo che dovevamo lasciarlo in pace.»

«E tu gli hai creduto?»

«Perché avrebbe dovuto mentirmi? Avevamo un rapporto sincero noi due. E poi, il fatto che la tipa facesse uso di cocaina ci era stato riferito anche da altri ospiti della comunità.»

Casabona si guardò intorno per assicurarsi che non ci fosse nessuno che potesse sentirli. Poi sussurrò:

«La donna a cui ti riferisci è Elena Fiano, la mamma della bambina scomparsa?».

«Sì, è lei.»

«Ne sei sicuro, Ale?»

«Certo. Una volta li ho visti insieme. Quando veniva ad aspettarlo fuori dai cancelli della comunità. L'altra sera l'ho rivista in TV e l'ho riconosciuta. È lei, ne sono sicuro. Non è il genere di donna che si dimentica facilmente.»

Il commissario appoggiò le braccia sulle ginocchia e incrociò le dita incurvandosi in avanti. Restò a pensare per qualche secondo, poi si rimise dritto sulla panchina. Aveva un'ultima domanda. «Tu che lo hai conosciuto, pensi che Walter Guzman possa aver fatto del male alla bambina?»

Alessandro rispose d'istinto, senza bisogno di pensarci sopra. «No. Non era il tipo di persona capace di fare una cosa del genere. Anzi, potrò sbagliarmi, ma trovo strano che l'abbia rapita. Certo, era un violento ma aveva una specie di codice d'onore. Non se la sarebbe mai presa con una bambina. E in fondo si era fatto una ragione della fine del rapporto con Elena.

Mi disse che non voleva più sentirla nominare. Era un capitolo chiuso della sua vita. L'ennesimo disastro.»

La porta a vetri del reparto chirurgia si aprì. Dal corridoio opposto comparve una lettiga spinta da due portantini, trasportava un giovane intubato e privo di conoscenza. Aveva il volto tumefatto e una vistosa fasciatura alla testa. C'era molta agitazione intorno a lui. Un'infermiera con i capelli rossi e le lentiggini sul viso gli camminava velocemente di fianco. Teneva in alto una flebo che era stata applicata al braccio sinistro del ragazzo. Quando tutti furono entrati, la porta si richiuse.

Chiara fece ritorno dal bar. Poco dopo la porta si riaprì di nuovo. Questa volta si affacciò il dottor Marco Romoli in camice verde. Vide Casabona che si era alzato dalla panchina insieme ai suoi figli e andò loro incontro.

«È andato tutto bene. Abbiamo asportato il nodulo. Non arrivava a un centimetro di grandezza. Abbiamo anche fatto una bella pulizia della zona circostante. Francesca si sta riprendendo dall'anestesia, la terremo in osservazione ancora per un po'. Posso farvi entrare solo per un breve saluto, perché devo rientrare urgentemente in sala per dare una mano ai colleghi con il ragazzo che è appena arrivato. Si tratta di un codice rosso. Lo hanno trovato in fin di vita nel parco di Montebusseto. È stato massacrato di botte. Seguitemi.»

14

Casabona rientrò in questura verso le sette di sera. L'ispettore Proietti lo raggiunse nel suo ufficio senza nemmeno dargli il tempo di mettere a posto il giaccone sull'attaccapanni.

«Come è andata?»

«Il medico dice che l'intervento è riuscito. Abbiamo potuto vederla solo per qualche minuto, si stava riprendendo dall'anestesia. È una donna forte. Sono sicuro che supererà anche questa. Ci sono Alessandro e Chiara con lei. Qui, invece, ci sono novità?»

«Sono arrivati i tabulati del cellulare di Guzman.»

«Era ora» commentò il commissario sedendosi.

Proietti teneva con sé una decina di fogli spillati che appoggiò sulla scrivania.

«No, Fabio, ti prego, non farmeli nemmeno vedere. Lo sai che odio queste pagine piene di numeri e lettere. Poi, stasera non riconoscerei nemmeno il mio numero di telefono. Dimmi tu cosa è venuto fuori» disse Casabona allontanando da sé l'incartamento.

L'ispettore si sedette senza riprendersi i tabulati. «Tienili tu. Sono sicuro che non crederai a quello che ti dirò e vorrai controllare di persona. Ormai ti conosco bene.»

«A cosa non dovrei credere?» chiese il commissario riavvicinando i fogli.

«Nella giornata della scomparsa ci sono alcuni contatti. Pochi ma sufficienti per avere un'idea del percorso fatto da Walter Guzman per arrivare a Ventimiglia. Alle 7.58 invia un SMS a un'utenza mobile francese. Era ancora a Valdenza. Agganciava una cella nella zona nord della città, dove si trova l'ingresso dell'autostrada. Cella che non è compatibile né con la sua abitazione né con quella della famiglia Bonelli. Alle 8.56 riceve un SMS, sempre dallo stesso numero francese. Si trovava già in Liguria, dalle parti di La Spezia. Anche in questo caso la cella è compatibile con l'autostrada. Alle 9.50 riceve una chiamata dal call center di una compagnia del gas. Non risponde, ma viene rilevata la posizione del cellulare che si trova nel tratto autostradale di Genova. Alle 11.05, agganciando una cella vicina alla stazione ferroviaria di Ventimiglia, invia un altro SMS al numero francese. Questo è l'ultimo contatto rilevato. Anche perché, come sappiamo, dopo qualche minuto entra in Francia. Se ci sono state altre comunicazioni non vengono registrate su questi tabulati. In pratica, Guzman è partito da Valdenza verso le otto del mattino ed è arrivato a Ventimiglia poco prima delle undici, percorrendo l'autostrada. Ed era solo.»

«Era solo? Come fai a dirlo?»

«Appena entrato in autostrada a Valdenza, si è fermato a fare rifornimento. De Marco e Ruocco hanno acquisito le immagini delle videocamere della stazione di servizio. Le riprese sono di ottima qualità e inquadrano l'auto da più angolazioni. Si vede che non c'è nessun altro. A meno che...»

«A meno che la bambina non la tenesse rinchiusa nel bagagliaio.»

«Esatto. Ma questo ce lo dirà la Scientifica dopo aver ultimato i rilievi sulla Opel di Guzman.»

Casabona per un attimo immaginò il corpo senza vita di Martina Bonelli chiuso nel bagagliaio dell'auto. Non ce l'avrebbe fatta a sopportare anche questo.

Proietti gli lesse nel pensiero e tentò subito di distoglierlo dall'abisso che aveva attratto il suo sguardo. «Anche se era chiusa nel bagagliaio non è detto che fosse morta. Potrebbe averle dato qualcosa per farla addormentare. Resta il fatto che l'auto è stata controllata nel parcheggio della stazione di Ventimiglia e non c'era nulla di sospetto all'interno. Quindi potrebbe aver lasciato la bambina da qualche parte a Valdenza prima di partire. Sempre che l'abbia davvero presa lui.»

Il commissario ci pensò su. Il ragionamento del suo più stretto collaboratore era di rigorosa logica investigativa. Non era il caso di azzardare ipotesi catastrofiche che, seppur infondate, avevano un effetto deprimente dal punto di vista psicologico.

«Le tue conclusioni non fanno una piega, Fabio, e ti confesso che i tuoi dubbi sono anche i miei.» Casabona prese in mano i fogli e si ricordò delle prime parole di Proietti. «Ma perché prima dicevi che avrei voluto leggere io stesso i tabulati? A che cosa non avrei creduto di quello che mi hai detto?»

«Nei tabulati non c'è traccia del messaggio di minaccia che ci ha fatto vedere Elena Fiano. Quello che lei dice di aver ricevuto, proprio da questo numero, alle sette del mattino.»

«Non è possibile. Avete controllato bene?»

«Certo. Non solo abbiamo letto e riletto dieci volte questi maledetti fogli, ma abbiamo anche fatto un controllo con la compagnia telefonica. Ci hanno confermato che dal telefono di Walter Guzman non è partito nessun SMS indirizzato a Elena Fiano quella mattina.»

Come aveva previsto Proietti, Casabona aprì il carteggio che teneva davanti a sé e cercò la pagina con i dati del giorno della scomparsa della bambina. Dopo averla esaminata attentamente la ripose sulla scrivania. «Ma come è possibile? Lo hai letto anche tu il messaggio sul suo cellulare.»

«E ho anche verificato che il numero fosse quello giusto. Non so che dirti, non riesco a darmi una spiegazione.»

Casabona si fermò un momento a riflettere, accarezzandosi il mento con il pollice e l'indice. «A meno che non sia stata lei stessa a manomettere la schermata del messaggio, in modo che fosse attribuibile a Guzman. Non so se è possibile farlo. Bisognerebbe chiedere ai tecnici. Domani ne parleremo con l'ispettore Trimboli della Scientifica. Al di là di questo, penso che la cosa migliore per toglierci ogni dubbio sia quella di fare una controverifica sul tabulato del telefono di Elena Fiano. Che sia di Guzman o di qualcun altro, dovremmo trovare un SMS in entrata a quell'ora. Preparami la richiesta di un decreto di acquisizione da inviare al pubblico ministero.»

«Provvedo subito, Tommaso, ma non è finita qua. Come potrai leggere anche tu, lui non le invia alcun messaggio nemmeno nei giorni precedenti. Al contrario, ne riceve molti da un numero con il quale nei mesi passati c'erano stati numerosi contatti, in entrata e in uscita.»

«A chi è intestato questo numero?»

«Allo stesso Guzman.»

Casabona si distese all'indietro sulla poltrona girevole fin quasi a toccare il muro. Abbozzò un mezzo sorriso sarcastico, come quando si realizza di essere stati presi in giro da qualcuno.

«Vedrai che si tratta del telefono che Guzman aveva regalato a Elena Fiano. Quello con il quale si tenevano in contatto. La signora mi ha detto di averlo buttato nella spazzatura da più di un mese e che non ricordava il numero. A questo punto mi viene il dubbio che se lo sia inventato, perché temeva che ci saremmo accorti che era lei a cercare Guzman e non il contrario.»

«I dubbi aumentano a quanto pare» commentò Proietti. «Forse è il caso di sapere qualcosa di più sulla signora Elena Fiano e sul dottor Bonelli.»

«Mi sembra inevitabile a questo punto» confermò il commissario. «Solo che dobbiamo stare molto attenti. Non ho nessuna intenzione di passare per quello che se la prende con le vittime perché non è capace di individuare i colpevoli. Occorre fare i passaggi giusti e usare tutta l'accortezza necessaria.»

«Certo, useremo la massima cautela possibile. Dirò a Bellini di fare delle verifiche nelle nostre banche dati e in archivio.»

«Ma non ci possiamo limitare a questo. Domani mattina io e Stefano Bini faremo un giro nella frazione dove abitano. Parleremo con i vicini. Quelli sì che sanno sempre tutto. Altro che banche dati.»

«Non vuoi che venga anch'io?» chiese stupito l'ispettore.

«No. Tu domani mattina andrai in ospedale. Poco fa hanno portato un ragazzo in gravi condizioni. È stato soccorso da un'ambulanza nel parco di Montebusseto. Aveva varie lesioni da percosse. Cerca di saperne di più. Non possiamo stare tutti dietro a questo caso. Bisogna seguire anche il resto.»

15

La famiglia Bonelli abitava a Vallegloria, una frazione della zona collinare di Valdenza cresciuta intorno a un antico borgo medievale. Nel tempo era diventato un quartiere residenziale di prestigio per la sua fortunata posizione. Chi ci abitava poteva godere della dolce armonia della campagna toscana, stando comunque a pochi passi dalla città.

La strada principale attraversava il centro del vecchio borgo. Ai lati erano stati ristrutturati antichi casali, case coloniche e ogni rudere che potesse fare da pretesto per la costruzione di un'abitazione. I residenti non erano più di cinquecento e si dividevano tra quelli che avevano sempre vissuto lì e quelli che erano arrivati dopo. I forestieri.

I Bonelli appartenevano a quest'ultima categoria. Quattro anni prima avevano comprato una villetta su due piani all'ingresso del paese, tutta rivestita in pietra. Dal tetto, coperto dalle classiche tegole rosse, spuntava la canna fumaria del camino. Tutto intorno, un prato verde con orci e anfore in terracotta a spezzarne la monotonia. Un cancello in ferro battuto e una siepe highlander addossata alla recinzione la proteggevano dalla vista di chi passava lungo la strada.

Poco distante correva il binario unico dell'antica ferrovia

che si arrampicava su per l'Appennino e portava fino a Bologna.

Casabona e il sovrintendente Bini arrivarono a Valleglorìa verso le nove del mattino. Una volta parcheggiata la 156 nera nella piazzetta, si avviarono verso l'unico negozio del paese, facendo attenzione a non scivolare sul ghiaccio che si era formato tra le pietre del basolato. L'insegna era quella di un bar tabacchi, in realtà faceva anche da emporio, salumeria, panetteria e tavola calda. Era gestito da una coppia di anziani coniugi che si dividevano i due banconi. Duccio preparava i caffè, mentre la moglie Dora serviva il pane e gli alimentari.

Il commissario entrò per primo e seguì istintivamente il suo naso che lo condusse davanti alla donna dai capelli bianchi, che teneva un grembiule allacciato alla vita e al collo. Stava sistemando una schiacciata ancora fumante appena uscita dal forno. Il profumo era irresistibile. Casabona se ne fece preparare un pezzo imbottito con la finocchiona e lo addentò con gusto. Bini seguì l'esempio del capo senza farsi pregare due volte.

La signora, che aveva capito subito chi aveva davanti, entrò in argomento per prima.

«Commissario, l'ho riconosciuta sa? La vedo sempre sui giornali. Allora? Che si fa? S'ha a ritrovare codesta bimba costì? Non è che Valleglorìa diventa come quei paesi di cui ci si ricorda il nome solo per le disgrazie?»

Bini, che parlava la sua stessa lingua, prese subito la parola: «E non è contenta signora? Con tutti i giornalisti e i curiosi che verrebbero, sa quanta schiaccia con la finocchiona venderebbe?».

«Sta' bono bellino. M'importa assai di codeste cose. S'è campato lo stesso finora, non ci serve di diventar ricchi alla nostra età. Tanto si lascia tutto ai vermi. È meglio pensare a quella povera animuccia innocente.»

Un brivido percorse la schiena di Casabona. Come darle torto? Ci sarebbe mancato soltanto il mostro di Valllegloria. Con tutto il circo Barnum che puntualmente si metteva in moto quando qualcuno fiutava la possibilità di trasformare in evento mediatico un fatto criminale. Per un attimo immaginò le troupe televisive in giro per il paese a caccia di testimonianze. L'intervista ai vicini, al prete e alla stessa signora Dora. Le trasmissioni affollate di esperti che esponevano argute teorie criminologiche, scientifiche e giudiziarie. I plastici della casa e le riprese dall'alto della zona. L'immancabile profiler. I selfie davanti al cancello della villa. Un incubo che gli stava facendo andare di traverso la colazione. Dora aveva proprio ragione, non doveva avvenire nulla di tutto ciò. O ne sarebbe morto anche lui.

Perciò, conclusa la piacevole pausa culinaria, fu lo stesso commissario a riprendere il filo. «Stiamo facendo del nostro meglio per riportarla a casa, signora. Siamo qui per questo.»

Il sovrintendente Bini si stava gustando gli ultimi morsi di schiacciata. La donna lo indicò con gli occhi: «Ah, be', m'era sembrato che foste venuti per altro».

«Non si faccia ingannare» continuò Casabona. «Certo, la sua schiacciata è ottima, ma noi siamo venuti per sapere qualcosa di più sulla famiglia Bonelli, e sicuramente lei ci potrà aiutare.»

«E che posso dirvi io? Son forestieri. Non è gente di queste colline. Saranno tre o quattro anni che hanno comprato la casa dove c'era la vecchia stalla della Beatrice. Si vedono poco a giro. Lui proprio mai. Dicono che stia sempre a lavorare. Lei passa ogni tanto. Qualche volta è venuta anche a comprare il pane e la schiacciata, ma non s'è parlato di nulla. Sta sempre fuori pure lei.»

«Ma che lavoro fa?»

«Mah! Il marito fa il dermatologo. Lei non si sa. Fa la casalinga ma a casa non ci sta mai. Avrà la malattia del ganzo.»

«Che sarebbe?» chiese il commissario.

«Le piaceranno l'òmini.»

Il marito le lanciò un'occhiata velenosa, ma lei non si fece intimorire: «O Duccio, m'importa 'na sega a me. Io dico come stanno le cose. Se questa non lavora, esce tutta truccata ed elegante e sta sempre fuori, qualcos'altro farà».

Casabona, più che dalla maldicenza, fu colpito dal tono e dal linguaggio usato dall'anziana signora nei confronti del marito. Non era la prima volta che si trovava a constatare come le donne, soprattutto quelle di una certa età, amassero redarguire malamente il compagno alla presenza di altri. A volte sembravano atteggiamenti dal sapore della vendetta. Un'affermata supremazia giunta tardivamente, e per questo carica di rancori e bisognosa di sfogo.

«L'avete mai vista con qualcuno che non fosse il marito?» chiese ancora Casabona.

«Questo no, devo essere onesta. Gliel'ho detto: qui non girava mai. Scendeva verso Valdenza da sola. Poi, chi lo sa dove andava.»

«Ma la bambina chi gliela tiene?»

«Bah... la bambina la porterà all'asilo. Ma questo dovreste chiederlo alla Beatrice, la proprietaria del terreno dove fu costruita la loro casa. I primi tempi era lei che mi raccontava le cose quando veniva a fare la spesa. Ora è un po' che non la vedo, non saprei dirle.»

Bini si inserì nel discorso.

«Ci siamo stati a casa della signora Beatrice, dottore. È una vecchia colonica il cui terreno confina con quello della villa dei Bonelli. In mezzo c'è solo un vialetto con qualche castagno. Una volta erano un'unica proprietà. Non ci ha saputo dire niente di utile.»

«Visto che siamo qui, andiamo a vedere se le è venuto in mente qualcosa. Grazie signora, è stata veramente molto gentile a darci queste notizie e complimenti per la schiacciata.»

Pagarono il conto e si avviarono verso l'uscita. Solo in quel momento Duccio decise di far sentire la sua voce.

«Commissario, noi non vi si è detto nulla. Siamo gente tranquilla noi, non vogliamo entrarci in questa storia.»

16

La signora Beatrice era in casa quando Casabona e Bini andarono a farle visita. Con lei c'era anche il marito, seduto davanti a un enorme camino, tanto grande che una persona ci poteva stare dentro in piedi. Il fuoco era stato acceso da poco. La legna giovane ancora scoppiettava e il fumo diffondeva nell'aria l'odore dell'inverno in montagna.

Beatrice li fece accomodare nella cucina dell'antica colonica. In realtà si trattava di un ambiente unico che faceva anche da soggiorno e salotto. Come le case di un tempo, quando i locali si distinguevano semplicemente in quelli dove si dormiva e quelli dove si mangiava. Attività che a volte, per le famiglie più numerose o più povere, finivano per avvenire nello stesso luogo.

Si sedettero intorno a un tavolo che ricordava quelli dei frati nei conventi. Osservandone la lunghezza, si poteva dedurre che in passato molte persone avessero vissuto sotto quel tetto sostenuto da travi di legno e avessero camminato su quel pavimento in cotto scurito dal tempo.

La donna si offrì di preparare un caffè e la cortesia impose di accettarlo. Mentre armeggiava con la moka davanti a una parete coperta di pentole in rame, li raggiunse anche il marito, che si chiamava Duilio. L'uomo si era alzato dalla comoda poltrona davanti al camino per poi sedersi a capotavola, dando le spalle alla moglie e frapponendosi tra lei e gli ospiti. Un gesto protettivo che, nello stesso tempo, sembrava comunicare che era lui la persona con cui parlare. Il maschio di casa. Si rivolse a Bini, che già aveva conosciuto il giorno della scomparsa della bambina.

«Vi abbiamo già detto tutto. Non ci è venuto altro in mente. Non riusciamo a darci una spiegazione. Quella mattina io e mia moglie eravamo scesi a Valdenza per il mercato. Eravamo usciti di casa verso le sette e mezza. Abbiamo sempre lavorato la terra. Siamo abituati a svegliarci presto. Quando tornammo voi eravate già qui.»

La signora Beatrice stava sempre di spalle. Singhiozzava e si sforzava di trattenere le lacrime. Duilio si era appoggiato con i gomiti sul tavolo e si teneva le mani. Spesse e raggrinzite, più per gli anni passati a lavorare la terra che per l'età. Era un omone alto e ben piazzato, ora incurvato dal peso dei suoi ottant'anni.

«Ci siamo rimasti molto male. Mia moglie non riesce a farsene una ragione. Per noi era come una nipotina. Veniva spesso a giocare in casa nostra.»

«Signor Duilio, ci potrebbe raccontare qualcosa di più sui suoi vicini? Che tipo di persone sono, che rapporti hanno marito e moglie, chi frequenta la loro casa...» chiese Casabona.

«Sono venuti a stare qui da quattro anni. Comprarono la villa che fu costruita quando vendemmo tutti gli animali e facemmo demolire la vecchia stalla.» Si prese una pausa, come a riflettere su quello che aveva detto e su ciò che stava per dire. Poi continuò: «È gente perbene, per quello che ne sappiamo. Lui non c'è mai. Esce la mattina presto e torna la sera tardi.

Quando non è fuori città. Anche lei esce spesso. Va in palestra, a fare la spesa. Almeno così dice. Quando l'asilo era chiuso, la bambina la lasciava da noi. Ci davano anche qualche soldo per coprire le spese. Perché Martina mangiava qui, a volte. In casa loro non ho mai visto nessuno».

«Nemmeno familiari che vengono in visita?»

«No. Lei è figlia unica. I genitori sono morti entrambi. Il padre era un medico molto importante. Insegnava all'università e aveva un ambulatorio di dermatologia molto avviato a Valdenza. Il dottor Bonelli era un suo allievo. Quando è deceduto, l'ambulatorio lo ha ereditato la figlia che lo ha passato al marito dopo essersi sposata. Lui, invece, non è di queste parti. È originario di Firenze. Non mi è mai capitato di parlarci. Solo buongiorno e buonasera, quelle poche volte che ci si incrocia.»

La signora Beatrice appoggiò sul tavolo un vassoio d'argento con quattro tazzine di porcellana e una zuccheriera. Aveva gli occhi rossi, anche se non piangeva più. Casabona la guardò, ma lei non gli diede il tempo di parlare.

«Commissario, mio marito ha detto tutto. Non saprei che altro aggiungere. Bevete il caffè, prima che si raffreddi.»

Si sentì abbaiare un cane e poco dopo bussarono alla porta. Beatrice andò ad aprire, era l'ispettore Trimboli della Scientifica. Casabona lo vide e gli andò incontro sull'uscio.

«Mi scusi, cercano me.»

Lo prese sottobraccio e lo riportò in strada richiudendosi la porta alle spalle.

«Che c'è Trimboli? Perché sei venuto a cercarmi qui?»

L'ispettore sembrava sorpreso e rispose quasi balbettando. «Non cercavo lei, commissario. Ho accompagnato i colleghi di Roma.»

Solo allora Casabona si rese conto che nelle vicinanze erano parcheggiati un furgone della Scientifica e uno delle unità cinofile. In più, la macchina della questura di Valdenza utilizzata da Trimboli e quattro vetture del Reparto Prevenzione Crimine di Firenze. Avevano bloccato la strada. Due cani, tenuti al guinzaglio dai loro conduttori, ansimavano eccitati. La scena veniva ripresa da alcune troupe di giornalisti.

«Ma che cazzo sta succedendo Trimboli? Che cos'è tutto questo casino?» chiese irritato Casabona.

A Trimboli non poteva certo sfuggire lo stato d'animo del suo superiore, così si sfilò immediatamente: «Da Roma hanno predisposto una battuta di ricerca con i cani molecolari. Hanno inviato anche il georadar. Ma forse è meglio che parli con il dottor Martini della Scientifica. Vado a chiamarlo».

Poco dopo tornò accompagnato da un commissario più giovane di Casabona di almeno quindici anni, nonché più basso di altrettanti centimetri, fece le presentazioni e andò subito a rifugiarsi nelle retrovie.

«Giovane collega che vieni da Roma nel mio territorio senza dirmi nulla e trasformi la mia scena del crimine in una parata da festa della polizia, vuoi dirmi che diavolo sta succedendo prima che ti metta le mani addosso?»

Altero Martini, così si chiamava, distolse lo sguardo dagli occhi inferociti di Casabona e cercò di mettere insieme una risposta che avesse un senso.

«Mi scusi dottore...»

«Dammi pure del tu, siamo colleghi. Vuoi farmi sentire vecchio? Non lo sono. Sei tu che sei troppo giovane per stare qui in questo momento.»

Martini era sempre più intimorito. «No... no, lo so, scusami.

Volevo dirti che il nostro intervento è stato disposto dalla Direzione Centrale. Siamo qui per collaborare con voi. L'opinione pubblica ha preso a cuore questo caso, dobbiamo dimostrare che stiamo facendo il possibile, con tutti i mezzi che abbiamo a disposizione.»

«In pratica siete qui per *fare ammuina*?» insinuò Casabona.

Il collega, che era di origini venete, non comprese. L'espressione *fare ammuina* derivava, a quanto si diceva, da uno specifico comando contenuto nel Regolamento di bordo dei legni e dei bastimenti della Real Marina del Regno delle Due Sicilie, impartito in occasione di visite di autorità sulle navi. Martini rimase interdetto e, nel timore di sbagliare risposta, tacque.

«Volevo dire: siete qui per fare scena? Per buttare un po' di fumo negli occhi alla stampa?»

«No, non è così» rispose l'altro risentito. «Abbiamo veramente portato il meglio che si può impiegare in questi casi.»

«Allora dimmi: con questi cani molecolari avete mai trovato qualcuno?»

«È capitato. In alcune situazioni di persone disperse nei boschi sono stati molto utili.»

«Ma la bambina non si è persa nel bosco e sono passati già tre giorni.»

«È vero, però possono essere utilizzati anche in casi come questo. Lo dimostra il fatto che hanno già individuato una traccia che porta in questa casa.»

«Certo, la casa dove la madre la lasciava abitualmente quando usciva e l'asilo era chiuso? Come hai potuto vedere, c'ero arrivato anche io. Senza cani, seguendo l'odore del caffè che stavo bevendo quando tu mi hai interrotto.»

Sbollita l'iniziale irritazione, Casabona realizzò che sicuramente il suo atteggiamento sarebbe stato riferito a Roma da Martini, e ciò gli avrebbe creato notevoli problemi. Un fatto non nuovo, che spiegava come mai alla sua età fosse ancora commissario in una piccola provincia come quella di Valdenza. Così decise di mostrarsi più disponibile, sperando di essere ancora in tempo per rimediare all'ennesimo danno che stava provocando alle sue possibilità di carriera.

«Comunque capisco l'esigenza della Direzione Centrale. Oggi l'immagine ha la sua importanza e non si può non tenerne conto. Fate pure le vostre ricerche. Se ci dovessero essere novità, informami immediatamente. Quando avrete finito passa in questura. Abbiamo la macchina di un sospettato, se i tuoi cani molecolari trovassero qualcosa lì, sarebbe molto importante per le indagini. Ti saluto.»

Martini si sentì di colpo risollevato. «Certamente, ti raggiungo appena abbiamo finito qui.»

17

Al rientro in ufficio, Casabona apprese che Bellini era riuscito a svelare il mistero. Il messaggio con scritto *Mi hai rovinato la vita. Pagherai per quello che mi hai fatto* era arrivato veramente sul cellulare di Elena Fiano, ma non era partito dal telefono di Walter Guzman, come poteva sembrare. Analizzando i nuovi tabulati, il corpulento esperto di informatica della squadra mobile di Valdenza aveva scoperto che il testo proveniva da un sito web dal quale era possibile inviare SMS con un mittente fasullo.

Qualcuno aveva deciso che alle sette del giorno della scomparsa della bambina quel messaggio dovesse arrivare sul telefono della mamma, e che lei avrebbe dovuto credere che fosse stato il suo ex amante a inviarlo.

Chi lo aveva fatto e perché? Il commissario provò a girare la domanda a Bellini.

«Io posso dirle da dove proviene realmente il messaggio, dottore, ma sul perché sia stato inviato non saprei proprio come risponderle» replicò il collaboratore.

«Sarebbe già tanto capire da chi è partito. Almeno a questo ci possiamo arrivare?»

«Abbiamo già chiesto alla società che gestisce il sito internet di farci avere l'indirizzo IP che ha immesso la richiesta di invio del messaggio. Da quello, poi, dovremmo essere in grado di risalire all'utenza e, quindi, alla persona che ne è titolare. A meno che...»

«A meno che?» chiesero insieme il commissario e il sovrintendente Bini, che era rientrato con lui in ufficio.

«A meno che non siano stati usati sistemi per nascondere le tracce. Come triangolazioni su proxy esteri.»

Casabona e Bini si scambiarono istintivamente uno sguardo che prese la forma di un enorme punto interrogativo.

Bellini se ne rese conto e si affrettò ad aggiungere: «Ma non è detto, dottore. Si tratta di un'ipotesi remota. Sono sistemi usati da hacker esperti per non farsi rintracciare. Richiedono una grande preparazione e conoscenza informatica. In questo caso è verosimile che i collegamenti siano stati fatti in modo lineare.»

«Incrociamo le dita, allora. Speriamo che non ci siano triangolazioni o altre diavolerie del genere» commentò il commissario. «Sui tempi, invece, che mi dici? Quanto dovremo aspettare per avere una risposta?»

Bellini non si voleva sbilanciare. Le variabili erano troppe per poter essere precisi. Si accarezzò la testa completamente rasata e azzardò: «Un paio di giorni, dottore».

Casabona si drizzò sulla sedia.

«Un paio di giorni? Un paio di giorni andrebbero bene se si trattasse di scoprire l'autore di una truffa informatica. Qui si tratta della vita di una persona. Un paio di giorni sono un'enormità. Trova il modo per fare prima. Attaccati al telefono o vai di persona a parlare con quelli della società.»

«Ma i server sono in Islanda...»

«E vai in Islanda, Bellini, se necessario. Se ci fosse tua figlia al posto di quella bambina, come ti sembrerebbe se ti dicessero che per ritrovarla c'è da aspettare quarantott'ore, perché deve arrivare una risposta dall'Islanda?»

Bellini avrebbe voluto dire che non era colpa sua se quel tipo di accertamento richiedeva tempi così lunghi, ma sapeva che quella risposta avrebbe solo fatto arrabbiare di più il suo capo. Così decise di abbozzare un rassicurante: «Ha ragione, dottore, cercherò di inventarmi qualcosa». Poi uscì dalla stanza a testa bassa, quasi scontrandosi con l'ispettore Proietti che era appena tornato dall'ospedale di Valdenza, dove era andato a raccogliere informazioni sul ragazzo aggredito nel parco di Montebusseto.

«Cosa è successo a Bellini? Non l'ho mai visto così preoccupato» chiese Proietti.

«Ha scoperto che il messaggio ricevuto da Elena Fiano, e che sembrava essere stato inviato da Walter Guzman, in realtà proveniva da un server che sta in Islanda. Ora deve cercare di capire chi lo ha inviato attraverso quel sito internet. Tu, invece, cosa mi dici del ragazzo?»

L'ispettore si sedette sulla poltrona davanti alla scrivania. Tirò fuori dalla tasca interna della giacca un foglio dove aveva preso degli appunti.

«Un mistero. Un vero e proprio mistero...»

«Un altro? Non bastano quelli che abbiamo già?» ribatté indispettito Casabona.

«È la legge di Murphy, dottore. *Tutto va male contemporaneamente*» commentò il sovrintendente Bini, che se n'era rimasto appoggiato al muro vicino alla finestra.

Il commissario abbozzò un sorriso. Bini era uno di quelli che non si lasciava mai prendere dalla tensione. A volte il suo atteggiamento poteva sembrare irresponsabile e superficiale, invece svolgeva la stessa funzione di una valvola di sfogo in una pentola a pressione. Quel suo sarcasmo da toscanaccio cinico e irriverente era fondamentale in momenti come quelli.

Proietti continuò: «Il giovane si chiama Mirko Fontana. Ha da poco compiuto 18 anni. Frequenta il quinto anno al liceo scientifico Fortebraccio. Gli amici e i professori lo dipingono come un ragazzo tranquillo. Non ha precedenti penali e non fa uso di droghe. Anche i genitori sono persone per bene. Il padre è un ferroviere e la mamma fa l'architetto. Sono disperati. Non riescono a darsi una spiegazione per quello che è avvenuto».

«Ma come sta adesso?» chiese Casabona.

«È in prognosi riservata. I medici gli hanno rimosso un ematoma cerebrale e lo hanno messo in coma farmacologico. Ha due costole fratturate, il polso destro rotto e contusioni su tutto il corpo. Lo hanno sistemato a dovere.»

«Si sa di preciso quando e dove è successo?»

«Sono riuscito a ricostruirlo grazie a una delle poche telecamere che ancora funzionano in questa città. Il ragazzo è stato aggredito alle 17.45 di ieri in uno dei vialetti più appartati del parco. Era seduto da solo su una panchina. Si vedono arrivare due uomini, entrambi più grandi di lui, non meno di trent'anni. Da quello che si riesce a capire potrebbero essere stranieri. Forse dell'America latina. Scambiano qualche parola come se si conoscessero o comunque come se avessero un appuntamento. Mirko si alza e li segue di sua spontanea volontà verso il boschetto. Non lo fanno nemmeno arrivare che iniziano a picchiarlo. Con una specie di bastone. Forse uno sfollagente telescopico. Lo prendono a pugni e a calci. Continuano pure quando il ragazzo è a terra. Poi uno dei due tira fuori una pistola e gliela punta alla testa. All'improvviso scappano. Poco dopo si vedono arrivare alcune persone, quelle che lo hanno soccorso e chiamato la polizia.»

«Abbiamo qualche altra immagine dei due aggressori? O del mezzo che hanno usato per allontanarsi dal parco?» chiese ancora il commissario.

Proietti non riuscì a resistere alla tentazione di lasciarsi andare a uno sfogo di rabbia che covava dentro da tempo. «La telecamera era l'unica ancora attiva del sistema di videosorveglianza che fu inaugurato un anno fa per il parco di Montebusseto. Mi fa rodere il fegato questa storia, porca miseria. Ma come cazzo è possibile che in tutta Italia risolvono i casi più disperati grazie a videocamere che ti contano anche i peli nel culo e in questa cazzo di città ne funzionano solo un paio? Buone per i film di Charlie Chaplin negli anni '30, per giunta.»

Come dargli torto?, pensò Casabona, che ormai ci aveva fatto l'abitudine. Poi tagliò corto: «Purtroppo la situazione è questa. Abbiamo fatto decine di segnalazioni, ma non sono servite a nulla. Evidentemente Valdenza ci tiene a essere la prima città detelecamerizzata d'Italia. Dobbiamo continuare a raccogliere notizie nell'ambiente frequentato dal ragazzo. Da quello che ho capito non si è trattato di un tentativo di rapina o di una banale lite. La vittima conosceva gli aggressori o, quanto meno, sapeva di doverli incontrare. Ci deve essere stato un appuntamento e un motivo alla base dell'incontro. Cerchiamo di scoprirlo».

Il sovrintendente Bini si fece avanti, era della sezione antidroga e aveva contatti con alcuni ragazzi che frequentavano il parco di Montebusseto, dove avevano arrestato qualche spacciatore di hashish e di pasticche di ecstasy.

«Proverò io a sentire in giro cosa si dice di questa storia. Non è una cosa che passa inosservata.»

L'ispettore si sentì sollevato: non gli andava di occuparsi di quel caso. Preferiva continuare a indagare sulla scomparsa della bambina. Si affrettò a scrivere il nome e la data di nascita del ragazzo su un foglio e lo passò a Bini, che lo prese e uscì dall'ufficio.

«Prima, salendo, ho visto dei cani fuori dall'ingresso della questura. Ma che ci fanno qui? È in corso un'operazione antidroga?» chiese Proietti, rimasto solo con Casabona.

«Sono i cani molecolari che ci ha inviato il Dipartimento per cercare tracce della bambina scomparsa intorno alla casa. Se sono già qui, si vede che non hanno trovato nulla.»

«E dopo tre giorni, se ne ricordano?»

«Che vuoi che ti dica, Fabio? Ci hanno pensato adesso. Già l'ho maltrattato troppo il collega. Cerchiamo di assecondarli, altrimenti a Roma la prendono male. Se si incazzano finisce che mandano qualcun altro a seguire il caso al mio posto. Facciamogli fare una verifica sul bagagliaio della Opel di Guzman rinvenuta a Ventimiglia. Così almeno potremo capire se la bambina ci sia mai salita, su quella macchina.»

18

I cani molecolari si chiamavano Neo e Tyrion. Erano due splendidi esemplari di bloodhound, i *segugi del sangue*. Una razza di origine belga, conosciuta anche con il nome di cane di Sant'Uberto, dotata di una struttura dell'organo olfattivo che vanta quattro miliardi di ricettori. Davvero notevole, considerato che i gatti ne possiedono "solo" duecento milioni. Questo straordinario potere olfattivo li rende capaci di seguire una pista umana anche dopo diverso tempo dal passaggio della persona in un luogo. Il loro naso è in grado di percepire e distinguere anche le più piccole particelle di odore e di mantenere in memoria le tracce individuate, capacità sviluppata grazie a un addestramento speciale. Sono in assoluto i migliori per la ricerca di tracce umane, grazie anche alla loro conformazione fisica: quando si piegano per fiutare a terra, l'occhio viene coperto dalla pelle che vi cade sopra, in questo modo il cane non vede nulla e non viene deconcentrato, mentre le lunghe orecchie che strisciano sul suolo creano un effetto vortice verso il naso.

I due segugi aspettavano, chiusi nelle loro cucce, all'interno del furgone. Con loro c'era il resto del gruppo che si era esibito a Vallegloria poco prima. L'allegra combriccola non era passata inosservata. Oltre ai giornalisti delle TV, già al seguito durante la battuta in collina, si erano aggiunti quelli della carta stampata e un bel po' di curiosi. Il commissario Martini faceva sfoggio di tutta la sua capacità comunicativa, esaltata dall'entusiasmo della giovane età. Aveva dato vita a una specie di stand divulgativo, come quelli che si usano durante le celebrazioni in piazza per avvicinare i cittadini alle istituzioni.

Casabona si affacciò dal portone della questura quel tanto necessario per richiamare l'attenzione del giovane collega, poi rientrò ad attenderlo nell'androne. Non voleva essere costretto a improvvisare una conferenza stampa per strada, con nessuna novità da riferire e senza il questore, per giunta.

Martini si accorse del cenno d'invito e raggiunse Casabona. Rimasero d'accordo di vedersi al deposito ACI, dove era stata depositata l'auto di Walter Guzman. A condizione di liberarsi di tutti i giornalisti. Anche a costo di farli girare a vuoto per il resto della mattinata.

Poco dopo Casabona e l'ispettore Proietti uscirono dal retro senza che nessuno se ne accorgesse. Il commissario Martini e i suoi cani, accompagnati dall'ispettore Luca Trimboli della Scientifica, li raggiunsero dopo una mezz'oretta. Il tempo necessario per scrollarsi di dosso la stampa.

Aprirono tutte le portiere e il portabagagli della Opel Vectra nera appartenuta a quello che, in mancanza di meglio, continuava a essere il sospettato numero uno. Per rendere l'operazione più affidabile, la stessa cosa fu ripetuta su altre cinque auto parcheggiate nello stesso capannone.

Sulla Opel Vectra non erano ancora stati effettuati gli accertamenti tecnici da parte della Scientifica. L'uso del cianoacrilato, del luminol e di altri reagenti chimici impiegati per rilevare impronte o tracce biologiche avrebbe sicuramente condizionato il prodigioso fiuto dei bloodhound.

Prima di liberare i cani, un agente si era preparato a riprendere tutte le operazioni con una telecamera.

I conduttori aprirono le portiere del furgone nel cortile dell'autorimessa e fecero scendere Neo e Tyrion. Li lasciarono giocare un po' con delle palle di stoffa e allungarono loro un biscottino per farli ambientare. Poi si ripresero il giocattolo e gli fecero annusare una maglietta della piccola Martina, ricevuta dalla mamma in mattinata. Li accompagnarono nel capannone e li lasciarono liberi, pregando tutti i presenti di tenersi il più lontano possibile.

I cani correvano da un lato all'altro come bambini al parco giochi la domenica. Era evidente che si divertivano, per loro era come una gara. Entrarono in tutte le auto, ma non si soffermarono in nessuna. L'Opel Vectra nera fu quella che li interessò di meno.

Casabona se lo aspettava, e non si scompose più di tanto. Ciò che lo sorprese, invece, fu l'atteggiamento dell'ispettore Trimboli. Rimasto a osservare la scena insieme a lui e a Proietti, alla fine scosse il capo con disappunto e, con quel caratteristico tono da saccente che aveva la capacità di irritare il commissario, concluse: «Lo sapevo io, che Guzman non c'entrava nulla. È una vittima anche lui in questa storia».

«In che senso "è una vittima anche lui?" Tu che ne sai, Trimboli?» chiese stupito il commissario.

«È evidente che non si è buttato da solo, dottore» rispose candidamente l'ispettore.

«E tu come fai a dirlo?»

«È arrivato l'esito dell'esame tossicologico sulla bottiglia di

Calvados che avete portato dalla Francia. Quella che stava sul tavolino della terrazza da dove è precipitato il poveraccio. Nel liquore era stato aggiunto un bel po' di Zolpidem, un ipnotico usato nel trattamento dell'insonnia, privo di gusto e perciò solubile in ogni bevanda.»

Il primo istinto di Casabona fu quello di mettergli le mani addosso. Proietti si frappose prontamente tra i due, concedendo al suo capo qualche secondo in più per controllarsi.

«Mi dici per quale cazzo di motivo ogni volta mi comunichi l'esito dei vostri accertamenti come se mi stessi facendo una confidenza? Vuoi anche che ti ringrazi per avermi rivelato questo segreto?»

«Dottore, ma io l'ho saputo...»

«Scommetto che l'hai saputo poco fa.»

«Sì, l'ho saputo poco fa...»

Casabona, senza rendersene conto, aveva alzato il tono di voce al punto di farsi notare dal resto del personale dall'altra parte del capannone che, per discrezione, pensò bene di spostarsi più in là.

«Ma quale "poco fa"?! Sei qui con me da almeno mezz'ora. Mi vuoi prendere per il culo? Io parlo con Bruno Rossi e ti faccio trasferire. Mi sono rotto di questa storia, Trimboli.»

«Dottore, mi scusi... hanno chiamato da Firenze per dirmelo... mentre mi trovavo fuori dalla questura...»

«Dovevi riferirmelo immediatamente. Appena chiusa la comunicazione con Firenze. Non che te ne stai qui a osservare e solo alla fine ci concedi di condividere le informazioni. Te l'ho detto un sacco di volte. E poi che ne sai che non ce l'abbia messo lo stesso Guzman il sedativo nel Calvados, prima di affacciarsi dal terrazzino? Non dire a nessun altro quello che hai detto a me. Non sei autorizzato a fare considerazioni sulle indagini in corso, peraltro premature. Pensa a fare il tuo lavoro e lasciaci fare il nostro. Ci manca solo che ti metti a fare l'investigatore. Appena rientri in ufficio portami subito l'esito dell'esame.»

Senza dargli il tempo di aggiungere altro, si avviò verso la 156 nera per rientrare in questura. Proietti lo seguì e, passando davanti all'ispettore Trimboli, gli appoggiò una mano sulla spalla per rincuorarlo. «Luca, però... pure tu... te le vai proprio a cercare.»

19

Il sovrintendente Stefano Bini si era preso l'incarico di trovare una spiegazione per il fattaccio avvenuto nel parco di Montebusseto e voleva portarlo a termine nel migliore dei modi. Per la verità se ne era pentito subito dopo, perché aveva infranto la regola non scritta che sconsiglia di offrirsi volontari davanti a una situazione rognosa, ma ormai la cazzata l'aveva fatta e non poteva più tirarsi indietro. Aveva chiamato il compare con cui faceva coppia fissa all'antidroga e si era messo subito al lavoro.

Si trattava dell'assistente Franco Giordano, per gli amici Ciondolo. Doveva l'appellativo al fatto che non riuscisse a stare fermo, ciondolando continuamente sulle gambe. Alto e magro, polemico alla massima potenza, era capace di discutere anche con la propria immagine allo specchio quando si faceva la barba la mattina. Possedeva un'innata avversione per la gerarchia: fondamentalmente era un anarchico. Nonostante ciò, i vari capi che si erano avvicendati nel tempo, compreso Casabona, avevano continuato a tenerlo alla Mobile, da più di venticinque anni. Per un solo motivo: era molto bravo nel suo mestiere. Era dotato di una memoria lunga e una grande capacità di mettere in relazione facce, nomi, situazioni. Inoltre gestiva il più ricco portafogli informatori della squadra. Insomma, i suoi pregi superavano di gran lunga i non pochi difetti.

La prima cosa che fecero fu quella di rivedere attentamente il filmato dell'aggressione. L'ispettore Proietti ne aveva fatto una copia al comando della polizia municipale e l'aveva portata in questura. Giordano riconobbe subito Nevio Manghi, detto "Bongo", un balordo con problemi di tossicodipendenza che bighellonava tutto il giorno per il centro storico di Valdenza. Più che altro riconobbe il suo cane, un meticcio somigliante vagamente a un pastore tedesco. I due non si separavano mai. Se il cane era lì, il tipo tarchiato che si allontanava di corsa all'arrivo dei soccorsi era sicuramente lui.

Era uno sveglio il Manghi, uno che viveva per strada. Sicuramente non gli era sfuggito ciò che era accaduto poco prima che se la squagliasse. Si trattava solo di trovarlo per farci due chiacchiere.

In genere, a quell'ora stazionava davanti al SERT, dove si metteva in fila per il metadone. Non gli piaceva particolarmente il sapore dolcissimo dell'oppioide sintetico, utilizzato per ridurre l'assuefazione nella terapia sostitutiva della dipendenza da stupefacenti, ma aveva un suo valore economico. Perché non approfittarne? Aveva trovato il sistema di truccare i risultati delle sue analisi in modo da non far risultare che continuava ad assumere droghe. Così restava nel programma di recupero e si faceva dare la sua dose giornaliera di metadone in un bicchierino da caffè. Faceva finta di berla, ma in realtà la versava in una piccola bottiglia che portava in tasca. Una volta riempita, la rivendeva. Qualche volta gli capitava di trovare un addetto alla distribuzione più pignolo degli altri, che aspettava che bevesse dal bicchiere prima di farlo uscire dalla stanza. Bongo aveva imparato a trattenere il metadone in bocca senza farsene accorgere, per poi riversarlo nella bottiglietta appena fuori. Anche quello era un modo per rimediare qualche euro con cui comprare vera eroina.

Ma il Manghi non era al SERT. Se n'era già andato da un'oretta.

Lo rintracciarono sul luogo del delitto: nei giardini del parco di Montebusseto. Era seduto su una panchina e stava armeggiando con qualcosa. Il classico atteggiamento del tossicodipendente che si sta preparando una dose. Il cane era sdraiato per terra al suo fianco. Lo aveva chiamato Rocky, dimostrando ben poca fantasia. Era un cane tranquillo, anziano e sicuramente più saggio di lui. Oltre a non prendersela per aver ricevuto lo stesso banale nome di altre migliaia di cani nel mondo, lo osservava con un senso di commiserazione. Forse per stanchezza, forse perché aveva capito che era meglio non mettersi in mezzo, Rocky non segnalò in alcun modo a Bongo l'arrivo delle odiate *guardie*. Così Bini e Giordano gli furono addosso senza che avesse la possibilità di disfarsi della droga. Gli si sedettero al fianco sulla panchina. Da un lato e dall'altro. Giordano gli infilò la mano nella tasca destra del giaccone di velluto. Non gli era sfuggito il movimento che aveva fatto appena li aveva visti. Ne tirò fuori una pallina di cellophane termosaldata che custodiva della polvere bianca.

«Bongo, Bongo, Bongo. Ancora ti garba questa robaccia. Ma mi dici come fai a pigliare per il culo quelli del SERT che continuano a darti il metadone?» gli chiese il poliziotto, a cui non interessava affatto la risposta. Non in quel momento, almeno. La domanda era strumentale, faceva parte della fase preparatoria della chiacchierata: un modo per predisporre la merce di scambio per le informazioni che si volevano ottenere.

«Ma sempre a me venite a rompere il cazzo? Ci sono solo

io in questa merda di città? Non mi sembra» rispose stizzito l'uomo, dandosi un'aria da duro.

Il sovrintendente Bini, a cui la risposta non piacque affatto, gli prese un orecchio e glielo girò come fosse la chiave della messa in moto di un'auto. «Ohhh, testa di minchia. Così si parla con la polizia?»

Era quasi l'ora di pranzo. Il Manghi si guardò intorno realizzando che non c'era nessun altro in quella zona del parco. Faceva freddo e la giornata era grigia e cupa. Era solo. Lui e loro. Perfino il cane sembrava disinteressato e si era voltato a guardare dall'altra parte. Decise di cambiare atteggiamento, cercando di liberarsi dalla presa all'orecchio. «Lascia, lascia. Porca puttana, stavo scherzando.»

Bini continuò: «Eh no. Lei continua a esprimersi male, signor Bongo. Perché ora sta definendo porca quella santa donna di sua madre».

«Basta. Basta. Scusate, sono un po' nervoso. Non mi faccio da ieri. Scusate.»

Bini mollò la presa.

«Ecco, così ci piaci. Noi siamo amici. Ti abbiamo sempre trattato bene. Devi fare il bravo con noi» aggiunse l'assistente Giordano.

«Ma che volete farmi? Quella è per uso personale. La patente me l'avete già tolta. Perché ce l'avete con me?»

«Vogliamo sapere cos'è successo ieri pomeriggio laggiù.» Bini indicò la zona dove si era verificata l'aggressione. «Chi è stato a dare tutte quelle legnate al ragazzo e perché? Tu eri qui. Non provare a negarlo che ti prendo anche l'altro orecchio e ci metto poco a farteli diventare come i manici della coppa della Champions League.»

«Ma io che ne so? Erano due bestie. Gente cattiva. Sembravano latini, messicani... dominicani... non ho idea. Erano pieni di tatuaggi. Più grandi di lui come età, intorno alla trentina. Non sono di queste parti. Non li ho mai visti in giro. Credetemi, ve lo dice uno che non sta uscendo ora di casa. Ma sicuramente il ragazzo li conosceva. Li stava aspettando. Quando sono arrivati, si sono salutati e si sono appartati. Non lo hanno costretto a seguirli. Poi, all'improvviso, hanno cominciato a picchiarlo. Calci, pugni, uno dei due aveva anche uno sfollagente.»

«Non hai sentito nulla di quello che si sono detti?» chiese Bini.

«Ero distante. Quando lo stavano picchiando, lui strillava e diceva: "Non ce l'ho io, non ce l'ho io". Per fortuna sono arrivati due giardinieri che gli hanno urlato contro: "Lasciatelo stare". Uno dei due aggressori ha tirato fuori una pistola. Prima l'ha puntata al ragazzo, che era per terra, ormai svenuto, poi contro i due che volevano soccorrerlo. L'altro gliel'ha fatta abbassare e se ne sono andati.»

«Il ragazzo lo conoscevi? Dài, almeno lui, che è di Valdenza. Viene a comprare qua?» domandò ancora Ciondolo.

«Macché. Non è uno del giro. Aveva una faccia pulita. Uno di quei figli di papà nati con la camicia. Non ho idea di cosa possa avere da spartire con gente come quella.»

«Quindi era la prima volta che lo vedevi?»

«Sì. Anzi, pensandoci bene, l'avevo visto una mezz'oretta prima. All'ingresso del parco. Era insieme a una ragazza della sua età, forse la fidanzata. Si tenevano la mano. Poi è arrivato solo lui a sedersi sulla panchina.»

Lo osservarono per un attimo senza dire altro. Quindi Bini si alzò dicendo al collega: «Andiamo, qui non ci caviamo altro».

«E la mia dose?» chiese Bongo, quasi implorando.

Giordano fece cadere a terra la pallina di cellophane e la schiacciò con la punta dello stivaletto. «Quale dose? Non abbiamo trovato nessuna dose. Anche perché, se l'avessimo trovata, ci sarebbe scappata un'altra segnalazione in prefettura e al SERT. Così addio metadone. Meglio per te che sia andata così. Hai visto a cosa servono gli amici?»

«Siete i soliti pez...»

Bini si voltò di scatto e gli lanciò uno sguardo omicida.

«Niente, niente. Volevo solo augurarvi una buona giornata» continuò Manghi.

«Grazie Bongo» risposero in coro Bini e Giordano mentre si allontanavano.

20

Nel tardo pomeriggio Casabona passò a far visita a sua moglie in ospedale. Francesca ormai aveva smaltito i postumi dell'anestesia e stava abbastanza bene dal punto di vista fisico. L'intervento era riuscito alla perfezione, non era stato necessario ricorrere all'asportazione totale del seno. Piuttosto era la sua condizione psicologica a disorientarlo. La sentiva distante, come se si fosse rifugiata in un mondo a lui inaccessibile. Non aveva manifestato nessun piacere nel ritrovarlo accanto a lei, anzi, sembrava quasi infastidita.

Il commissario cercò di non dare peso alla cosa. Forse era solo il disagio che provava nel doversi mostrare ferita nella propria femminilità. Le aveva portato un piccolo vassoio di paste di mandorla, di cui andava ghiotta. Lo ripose ancora infiocchettato sul comodino e si sedette accanto a lei. Per fortuna c'era anche Chiara, così quel silenzio non si tramutò in imbarazzo.

L'altro letto della stanza era ancora occupato dalla signora delle passeggiate immaginarie. Probabilmente le sue condizioni di salute erano peggiorate, visto che l'avevano intubata. Stava dormendo, al suo fianco c'erano il marito e la figlia. L'uomo gliela presentò, si chiamava Alessia e aveva 16 anni. Una ragazza con un volto solare, che non si spegneva nemmeno nella tristezza della situazione. Se ne stava lì, ad accarezzare la mano della mamma.

Negli ospedali la vita ritorna a una dimensione vera. All'essenziale. Tante certezze si dissolvono come la foschia del mattino all'alzarsi del sole e l'ordine delle priorità improvvisamente cambia. Denaro, potere, sesso, divertimento, successo lasciano il posto all'esigenza di restare vivi, non provare più dolore, respirare, camminare, parlare. Tutte cose che si danno per scontate, finché tra quelle mura ci si accorge che non lo sono. Anche la pietà diventa un valore, e la compassione un dono di Dio.

Casabona e Chiara rientrarono a casa insieme, mentre Alessandro era dovuto tornare in comunità per dare una mano a don Angelo. C'erano stati nuovi arrivi. Giovani guerrieri che avevano deciso di sfidare il drago, provare a sconfiggere il demone della droga. Bisognava aiutarli ad adattarsi alle nuove regole di convivenza. Il periodo iniziale era quello più duro, perciò i ragazzi andavano seguiti nel miglior modo possibile proprio in quella fase.

Ritrovatisi da soli, padre e figlia improvvisarono una cena con quello che trovarono in frigorifero. Ognuno dei due cercava di non mostrare la propria preoccupazione per dare forza all'altro, ma l'assenza di Francesca si faceva sentire. Forse ancor di più della sua presenza.

La famiglia è un organismo a parte, non è la semplice somma delle persone che lo compongono. Ha una propria anima, un respiro tutto suo. Come l'accordo di una chitarra, la cui armonia viene dalle diverse note delle corde che risuonano insieme. A volte melodie allegre, altre volte tristi o drammatiche.

Quando qualcosa si rompe in quell'equilibrio, non è possibile nasconderlo. Si può solo fare finta di non accorgersene.

In TV appariva di continuo il bel visino della piccola Martina. Ne parlavano i telegiornali, che mostravano le ricerche fatte in mattinata con i cani molecolari, e i vari programmi di approfondimento della cronaca nera. Ormai ogni canale televisivo ne aveva almeno uno. Del resto il voyeurismo macabro dei telespettatori andava soddisfatto: creava audience e portava soldi con la pubblicità. C'erano stati terribili delitti dei quali si era parlato per anni, tragedie che avevano portato nelle casse dei media più denaro della finale dei mondiali di calcio o dell'ultima serata del festival di Sanremo. Il sangue degli altri attira sempre, da che mondo è mondo. *Panem et circenses* dicevano i romani. Il popolo, un tempo, amava vedere il sangue dei gladiatori negli anfiteatri. Oggi si accontentava di quello proposto in una scatola nera con un vetro davanti. Il concetto era lo stesso, purtroppo.

Casabona aveva ben presente che la notte non sarebbe stata facile da passare. Il suo stato d'animo era di quelli che spaventano il sonno e lo tengono distante. Quando Chiara andò a dormire, si rintanò nello studio. Gli era rimasta una mezza bottiglia di rhum. Un'ottima compagnia per una serata come quella. Fece entrare anche Snaus, con tutto il calore della sua incondizionata fedeltà. David Coverdale, con la sua voce blues potente e profonda, cantava *Ain't no love in the heart of the city*. E aveva ragione da vendere.

Nella vita Casabona aveva imparato che è meglio cercare di andare d'accordo con chi non si può sconfiggere. Così si sedette sulla poltrona, e nella penombra creata dalla luce della lampada cercò di fare pace con la sua malinconia.

L'UOMO CATTIVO FU UCCISO COME UNA BELVA

... sulla gola di K. si posarono le mani di uno dei signori,
mentre l'altro gli spingeva il coltello in fondo al cuore
e ve lo rigirava due volte. Con gli occhi che si spegnevano
K. vide ancora come, davanti al suo viso, appoggiati guancia a guancia,
i signori scrutavano il momento risolutivo. «Come un cane!» disse,
fu come se la vergogna gli dovesse sopravvivere.

Franz Kafka, *Il processo*

21

«Uccidere mi procura un sottile piacere. Non so come spiegartelo. È qualcosa che ha a che fare con il sesso. Una sensazione erotica. Simile a un orgasmo, ma senza eiaculazione. Ora penserai male di me. Ti prego, non farti un'idea sbagliata. Non è solo questo. Provo anche emozioni negative. Un senso di colpa che mi sale dall'anima per rovinare tutto. L'amplesso si affievolisce, diventa sordo e va subito a nascondersi. Ma non sempre, però. Non sempre. Quando uccido per un valido motivo, la coscienza tace ed è solo gioia. È bellissimo quando è così. Come oggi. Tu mi hai dato una buona ragione per ucciderti e io ti sono grato per questo. Ti sono profondamente riconoscente. Non lo dimenticherò mai.»

Walter Guzman aveva perso i sensi. Si era accasciato sul lato destro della sedia, con il capo reclinato in avanti. Respirava con affanno. Il suono delle parole gli rimbombava nella testa, rallentato e distorto. Sempre più distante. Indefinito, al punto da non riuscire più a comprenderne il significato.

L'uomo appoggiò il bicchiere sul tavolino e si spostò alle sue spalle. Lo prese sotto le ascelle, tirandolo su di peso, poi lo trascinò fino alla ringhiera del davanzale e lo spinse di sotto.

Svuotò nel lavandino del bagno il bicchiere su cui aveva solo appoggiato le labbra, e lo ripose nel sacchetto che aveva utilizzato per incartare la bottiglia di Calvados. Stava per riportare via anche quella, quando si ricordò che l'aveva ripulita per bene da ogni impronta e decise di lasciarla dove stava. Faceva scena e s'intonava con un suicidio nato dai sensi di colpa che l'alcol non era riuscito a spegnere.

Rientrò in fretta nella sua camera, sull'altro lato del corridoio, e attese che tutto fosse finito.

22

La tristezza si accasa nel buio della notte. Resta sospesa nell'aria e non va più via. Solo con la luce del sole si dissolve. L'alba è una liberazione, quando l'animo è cupo.

Casabona arrivò in ufficio prima del solito. Il nuovo giorno poteva rivelarsi migliore, perciò non voleva farlo aspettare. Gli venne voglia di fare una passeggiata per il centro e andare a bere un caffè al bar in piazza del Duomo. Aspettò che arrivasse l'ispettore Proietti e si avviò insieme a lui. Il clima non era ideale, ma quel freddo pungente che raschiava la faccia era buono per ripulire l'ultimo velo d'angoscia che gli era rimasto dentro.

Nel bar volti assonnati. Corpi infreddoliti avvolti nei cappotti scuri, che rimpiangevano il tepore delle coperte. Sciarpe colorate, vetri appannati. Addobbi del Natale appena passato. Gente che si salutava, si dava un tono, pagava alla cassa e andava via.

Si sedettero a un tavolino nella piccola sala appartata. Quella con gli affreschi e le grate in ferro battuto alle finestre. In assenza di nuovi indizi potevano solo gestire l'attesa. E quello era uno dei modi per farlo.

Proietti tornò su quanto accaduto il giorno precedente. Era da lì che bisognava ripartire. Qualcosa non quadrava.

«Ieri non mi sei sembrato molto sorpreso quando i cani molecolari hanno snobbato l'auto di Walter Guzman. Ho avuto l'impressione che te lo aspettassi.»

«Si era già capito dalle telecamere che la bambina non era in macchina. E poi le cose che mi ha raccontato mio figlio mi hanno fatto cambiare idea su Guzman. Confermate, tra l'altro, dai tabulati telefonici, che hanno dimostrato che non era lui a cercare Elena Fiano ma il contrario, e dalle persone con cui abbiamo parlato a Vallegloria. Comincio a pensare che la signora ci abbia messo di proposito sulle tracce di Guzman. Forse per vendetta, o forse per coprire qualcun altro. Può anche darsi che lo abbia fatto in buona fede. Per proteggere la bambina.»

«Ma credi davvero che il sedativo se lo sia messo da solo nella bottiglia di Calvados?»

«Ma no, figurati. L'ho detto per spaventare Trimboli e indurlo a tenere la bocca chiusa. Per il momento ci conviene far credere che riteniamo ancora valida quella pista. Anche perché non ne abbiamo altre. In realtà, che Guzman fosse stato ucciso l'ho sospettato dal primo momento. Anche se quei coglioni dei francesi hanno voluto per forza archiviare il caso come suicidio. Per non avere altre rogne.»

«E come ci sei arrivato?»

«I bicchieri, Fabio, i bicchieri. La stanza dell'albergo era una matrimoniale. C'erano due copie di tutto. Due set di asciugamani, due paia di pantofole, due tazze da tè. Ma noi abbiamo trovato un solo bicchiere. Ne mancava uno all'appello. Evidentemente qualcuno se lo era portato via. Qualcuno che aveva bevuto con Guzman e temeva di lasciare impronte o tracce di DNA. Un lavoro da professionisti.»

L'ispettore Proietti si rabbuiò per non essersene accorto da solo. Ma soprattutto non capiva perché Casabona non avesse condiviso la sua intuizione.

«Scusa, ma perché non me ne hai parlato?» chiese timidamente.

«Per il motivo che ti ho detto. Non ci conviene distruggere una pista se prima non ne abbiamo trovata un'altra. E poi era solo una deduzione investigativa. Aspettavo la conferma dall'esito dell'esame tossicologico. In cuor mio speravo di essermi sbagliato, perché ora i problemi sono diventati due. Non solo bisogna ritrovare la bambina e scoprire chi l'ha portata via, ma dobbiamo anche capire chi ha ucciso Guzman e perché. E soprattutto comprendere che cosa lega i due fatti. Al momento non ne ho la minima idea.»

«Non ti fidi di me? Pensi che l'avrei raccontato alla stampa o che mi sarei appropriato della tua intuizione per fare bella figura con i ragazzi della squadra?»

Casabona si accorse che Proietti si era fatto scuro in volto. Quella mattina era particolarmente incline a sentirsi vittima di persecuzioni inesistenti.

«Ma che dici? Pure tu non devi aver passato una bella nottata se a quest'ora del mattino sei già in piena sindrome da complotto. Dài, non te la prendere. Nelle ultime ventiquattr'ore ho già discusso con il commissario Martini e con Trimboli. Tu saresti il terzo, e la giornata è appena iniziata.»

«Ma vaffanculo Tommaso.»

«Ecco, prendila così che è meglio.»

23

Ci furono due grosse novità quella mattina.

La prima la portava con sé Bellini e non vedeva l'ora di liberarsene. Stava aspettando che Casabona tornasse dal bar, davanti alla porta del suo ufficio. Se avesse tardato ancora un po' lo avrebbe raggiunto in piazza del Duomo, pur di raccontargli quello che aveva scoperto.

«Siamo stati fortunati, dottore. Una botta di culo unica e irripetibile. Cosa da non crederci. Lo sa chi è il webmaster del sito islandese?»

Il commissario appese il giaccone e la sciarpa all'attaccapanni, per poi sedersi dietro la scrivania. Solo allora si decise a rispondere, godendosi nel frattempo l'ansia del suo collaboratore.

«No, non lo so.»

«Francesco Bugiani. Ha capito, dottore? Francesco Bugiani.»

«E chi diavolo è Francesco Bugiani?»

Bellini quasi si risentì. «Abbiamo fatto le scuole medie insieme. Eravamo amici e abitavamo nella stessa strada. Da un po' non lo vedevo. Sapevo che se n'era andato all'estero, ma non avevo idea che lavorasse nel settore dell'informatica...»

Casabona tagliò corto. «Va bene, e quindi?»

«Appena ha visto la nostra richiesta si è messo subito al lavoro e mi ha telefonato per comunicarmi i risultati. L'ha fatta passare avanti alle altre centinaia che gli arrivano tutti giorni. Ho promesso che gli pagherò una cena appena torna a Valdenza...»

Nel frattempo era arrivato l'ispettore Proietti, ancora su di giri per il torto che riteneva di aver subito da Casabona. Si inserì subito nel discorso rispolverando per l'occasione il suo dialetto romanesco. «A Bellì, hai rotto er cazzo, ce la vuoi dire questa novità o te dovemo menà?»

Il commissario non poté reprimere un gesto di approvazione.

«Francesco mi ha dato subito le informazioni che abbiamo richiesto; le ho incrociate con quelle delle compagnie telefoniche...»

«E...?» esclamarono gli altri due ad alta voce.

«L'IP che si è collegato al server da cui è partito il finto messaggio di Guzman era in uso nell'abitazione di Elena Fiano.»

All'improvviso il gelo di quella mattinata di gennaio entrò nella stanza. Casabona restò qualche secondo in silenzio prima di chiedere: «Vuoi dire che la signora si è inviata il messaggio da sola?».

«Non posso dire che sia stata lei, ma di sicuro è uscito da un computer, un tablet o uno smartphone collegato a internet dalla sua casa. La connessione è avvenuta dalle 6.55 alle 7.00 del giorno della scomparsa della bambina.»

«C'era solo lei in casa a quell'ora. Il marito era a Torino per il convegno» concluse Proietti.

La situazione si era fatta molto delicata. Per l'opinione pubblica Elena Fiano era una povera mamma a cui era stata portata via la figlia. Dalla sua casa, per giunta: quello che dovrebbe essere il luogo più sicuro al mondo. La gente comune si era immedesimata e provava nei suoi confronti affetto e grande commiserazione. L'ultima cosa che avrebbe voluto era vederla trasformata in una moderna Medea. La madre che, nella mitologia greca, uccise i suoi figli per gelosia e per amore oltraggiato. Bisognava andarci cauti. Era necessario fare tutte le verifiche e rileggere ogni passaggio dal punto di vista di un eventuale difensore della donna. Non erano ammessi errori.

Il commissario si fermò un momento a riflettere, accarezzandosi il pizzetto con la mano sinistra.

Fu proprio allora che arrivò la seconda novità della giornata. Toccò a De Marco e Ruocco recapitarla sulla scrivania di Casabona. Si trattava di un fascicolo che conteneva alcuni fotogrammi estratti dalle riprese della telecamera di sorveglianza di uno sportello bancario, appena fuori dal borgo di Vallegloria. I due assistenti avevano passato gli ultimi giorni a guardare i filmati acquisiti lungo il tragitto dalla casa della bambina a Ventimiglia.

Erano due tipi svegli De Marco e Ruocco. Capaci di mantenere la concentrazione per ore, senza stancarsi e senza sbuffare. Casabona affidava sempre a loro compiti gravosi come quello e anche stavolta non ebbe motivo di pentirsene. Osservando il video, i due erano rimasti insospettiti da una piccola utilitaria rossa che era passata due volte nella visuale della telecamera. Alle 6.15 in uscita dal paese e alle 6.45 in entrata. Le immagini erano di discreta qualità, si riusciva anche a leggere il numero di targa. A quell'ora era ancora buio, e i fari accesi impedivano di capire chi fosse alla guida. Si distingueva solo la sagoma di una persona dai capelli lunghi. Forse una donna.

L'auto era quella di Elena Fiano, non c'erano dubbi. Una Fiat Punto rossa, con un grosso adesivo rotondo sul vetro anteriore, dal lato del passeggero.

Mettendo insieme le due cose, diventava molto difficile trovare una chiave di lettura favorevole alla signora Fiano. Tutti i risultati delle indagini portavano alla stessa conclusione: la donna aveva mentito su tutto, rendendosi così una persona di cui sospettare. Bisognava accettare la realtà, per quanto terribile potesse essere.

Il tempo delle riflessioni era scaduto. Non restava che andare a raccontare tutta la storia al pubblico ministero titolare delle indagini, il dottor Boccuso. Facendo prima un passaggio dal questore, ovviamente. Le prospettive investigative dovevano necessariamente cambiare.

24

Quella mattina si realizzò un evento piuttosto raro. Casabona se ne rese subito conto appena salito al secondo piano della questura, dove avrebbe aggiornato il suo diretto superiore sugli ultimi sviluppi, prima di passare in procura. Nella stanza, oltre al procuratore, c'era anche Giuseppe Boccuso, il sostituto che aveva in carico il procedimento aperto sulla scomparsa di Martina Bonelli. Ovvero, il pubblico ministero che Casabona avrebbe dovuto informare dopo aver parlato con il questore.

Viste le fondamentali funzioni, questore e procuratore avevano tutto l'interesse alla massima collaborazione. Il primo aveva la responsabilità tecnica dell'ordine pubblico, ed era al comando degli uomini della polizia sul territorio. Il secondo era il titolare dell'azione penale e decideva direttamente, o attraverso i sostituti, se avviare un procedimento dando inizio alle indagini, per poi assumere il ruolo di pubblico ministero durante l'eventuale processo. Era quindi naturale che ci tenessero a mantenere rapporti cordiali anche a livello personale, e per farlo sfruttavano le tante occasioni d'incontro durante l'anno: cerimonie, celebrazioni, inaugurazioni, anniversari, feste e cene di rappresentanza. Era molto difficile, però, che uno dei due andasse a far visita all'altro nel suo ufficio. In particolare, che fosse il procuratore stesso ad andare nella sede del questore. Cosa che, singolarmente, era accaduta proprio quella mattina.

La prima cosa che venne in mente a Casabona fu che aveva preso due piccioni con una fava. Quella fortunata coincidenza gli avrebbe risparmiato di ripetere due volte lo stesso racconto. Ma la cosa non gli quadrava, non era normale. Perfino l'espressione che fece il suo capo quando lo vide affacciarsi alla porta era insolita. Tesa e preoccupata. I due giudici, invece, rimasero piuttosto freddi, limitandosi a ricambiare il saluto di Casabona senza particolare trasporto. Erano seduti sul divano di pelle nera riservato agli ospiti di riguardo, mentre il padrone di casa se ne stava su una delle due poltrone poste di fronte.

Il questore, appena si accorse della sua presenza, si alzò e gli andò incontro scusandosi con i suoi ospiti e impedendogli di entrare. Anzi, fu lui a uscire nel corridoio e a chiudersi la porta alle spalle. Evidentemente aveva bisogno di parlargli da solo.

«Il procuratore vuol far entrare i carabinieri nelle indagini.»

Il commento del commissario fu immediato e affidato a una sola parola: «Merda!». L'aveva presa molto male Casabona. Non perché avesse qualcosa contro i carabinieri, con cui i rapporti in realtà erano buoni. Almeno finché ognuno si faceva gli affari propri. Quando invece si era costretti a lavorare insieme, nasceva, inevitabilmente, una forma di competizione. Ognuno voleva dimostrare di essere più bravo dell'altro e la collaborazione forzata, anziché aiutare, peggiorava le cose. "Coordinamento", "condivisione delle informazioni", "essere inclusivi e non divisivi": Casabona non era tagliato per quelle stronzate. Non ci aveva mai creduto. L'indagine è un fatto personale. È come un'antica caccia rituale che impegna il clan contro la bestia maligna. I clan si possono anche alleare, a volte, ma non si possono mescolare. Perché hanno un loro assetto, una loro gerarchia interna, una loro storia. Una loro intimità che non può essere condivisa con estranei. E quando vincono non vogliono dividere con nessuno la pelle del nemico.

«Merda un corno. Che cosa si aspettava? La bambina è scomparsa martedì mattina. Oggi è sabato. Sono cinque giorni che giriamo a vuoto, mentre Valdenza è invasa dai giornalisti e in TV non parlano d'altro. Mettiamoci anche nei panni della procura, qualcosa devono provare a fare. Altrimenti questo caso ci porterà a fondo tutti.»

«Capisco, signor questore. Ma cosa possono fare i carabinieri che non abbiamo già fatto noi?»

«Dicono che hanno una loro pista.»

«Che pista?»

«Che diavolo ne so, Casabona. Di certo non lo vengono a dire a me. Si sono lasciati scappare che si tratta di qualcosa che ha a che fare con la cocaina. Pare che abbiano una fonte confidenziale secondo la quale la bambina sarebbe stata rapita per via di una grossa partita di droga andata perduta. Sarebbe una vendetta contro quel tipo che è morto in Francia... come si chiamava?»

«Walter Guzman.»

«Esatto... contro questo Guzman.»

Il giudizio di Casabona fu solenne e definitivo come una sentenza della Cassazione. «Cazzate, signor questore. Cazzate.»

«Venga a dirglielo lei che sono cazzate.»

«Certo che glielo dico, se mi fa entrare. Ero salito proprio per questo: per informarla che adesso abbiamo le idee chiare su molte cose. Siamo molto vicini a una soluzione.»

Il questore cambiò subito atteggiamento. In faccia l'espressione di chi riesce a trovare un idraulico a Ferragosto. «Allora questo è il momento giusto per parlarne. Entri puri e cerchi di vendere bene la sua merce.» Ma non finì lì. Gli si avvicinò fin quasi a toccarlo e aggiunse, guardandolo negli occhi con tono minaccioso: «Senza indispettirli ed evitando di parlare male dei carabinieri. Si sforzi di essere diplomatico, per una volta nella vita».

L'aggettivo "diplomatico" aveva qualcosa di magico. Era capace di trasformare l'effetto di una parola senza cambiarne il senso. Nessuno si offendeva se gli veniva detto che era molto "diplomatico", invece di fargli notare quanto era falso e ipocrita. Ma qual era la differenza?

Il questore e Casabona rientrarono nell'ufficio e andarono a sedersi sulle due poltrone di fronte agli ospiti.

«Il commissario ha delle importanti novità da comunicare. Prego dottore, ci parli di quello che avete scoperto.»

Casabona pensò che fosse opportuno evitare di partire dalla conclusione per poi spiegare come ci si era arrivati. Un esordio del tipo: «La signora Fiano si è inventata tutto», oppure «Lei sa dove si trova sua figlia» era troppo pericoloso, vista l'atmosfera. Così decise di ripercorrere le indagini secondo il susseguirsi degli eventi, in modo da farli arrivare da soli allo stesso finale.

«Come sapete, fin dall'inizio ci siamo concentrati sulla pista che ci ha suggerito Elena Fiano. Il messaggio che ci ha fatto leggere sul suo cellulare, secondo lei proveniente da Walter Guzman, era fin troppo chiaro. Dopo si è appurato che i due avevano avuto una relazione. È stata lei stessa a dircelo. Secondo la signora Fiano sarebbe stata proprio la fine di questo rapporto a generare il risentimento del suo ex amante. Grazie all'immediata attivazione del sistema di ricerca ICAAS da lei voluto, signor procuratore, siamo riusciti a individuare il sospettato in Francia.» Non era vero, ma era molto diplomatico. «Purtroppo, non abbiamo fatto in tempo a riportarlo in Italia per poter chiarire meglio la sua situazione. La polizia francese lo ha rilasciato sulla parola e la mattina dopo è stato trovato morto sul lungomare di Menton, dopo essere precipitato da un terrazzo al quarto piano di un albergo. I francesi hanno voluto chiudere il caso in fretta archiviandolo come suicidio. Invece, gli esami fatti dalla nostra Scientifica su una bottiglia di liquore, dalla quale lui aveva bevuto, hanno dimostrato la presenza di un potente sedativo. Cosa che lascia pensare che il poveretto sia stato prima narcotizzato e poi buttato giù da qualcuno che non gli voleva bene. Abbiamo ricostruito il tragitto percorso da Guzman, dalla scomparsa della bambina fino al suo fermo in Francia, senza trovare prove che la piccola Martina fosse con lui. Anzi, grazie alle immagini di alcune telecamere che si trovano sul percorso, si è potuto accertare che era solo. Nemmeno i cani molecolari hanno rilevato tracce del passaggio della bambina nella sua auto. Insomma, possiamo ragionevolmente ritenere che non sia stato lui a portarla via.»

Il procuratore lo interruppe. «Dottore, ma cos'è questo? Un riepilogo delle puntate precedenti? Sono tutte cose che già sappiamo. Non vedo le novità di cui, invece, avremmo molto bisogno.»

Casabona percepì una particolare ostilità. Probabilmente si era già impegnato con il comandante provinciale dei carabinieri e non voleva essere costretto a rimangiarsi la parola. Il dottor Boccuso, invece, sembrava curioso di ascoltare il resto. Aveva molta stima del commissario e si fidava di lui.

«Ora arriviamo alle novità, signor procuratore. Per ricostruire i movimenti di Guzman abbiamo dovuto esaminare i tabulati del suo telefono e ci siamo accorti che non aveva inviato alcun messaggio a Elena Fiano. L'SMS c'era stato, ma era partito da un sito internet in Islanda. Immesso nel sistema da un computer connesso dall'abitazione della stessa Elena Fiano.»

Il livello d'attenzione si innalzò vertiginosamente. Fu il questore il primo a reagire.

«Vuol dire che il messaggio se lo è inviato da sola?»

«Non sono io a dirlo. La connessione si è realizzata dalle 6.55 alle 7.00 del mattino. Elena Fiano era sola a casa, a quel-l'ora. Almeno così ci ha riferito quando ha chiesto aiuto, dopo essersi resa conto che la figlia non era più nella sua stanza.»

«È gravissimo quello che dice. Avete fatto delle verifiche?» chiese Boccuso.

«Certo. Abbiamo fatto più di una verifica. Ma c'è dell'altro. La telecamera di sorveglianza di una banca, che si trova al-l'uscita del borgo di Vallegloria dal lato di Valdenza, in quella stessa giornata ha rilevato il passaggio della macchina di Elena Fiano alle 6.15 del mattino in andata e alle 6.45 in ritorno. Alla guida c'era una persona con i capelli lunghi, almeno per quello che si può vedere dal video. Inoltre, abbiamo accertato che la signora ci ha mentito su due punti importanti: ha negato di aver fatto uso di cocaina e ci ha detto di essere stata tempestata di messaggi da Guzman nelle ultime settimane, mentre dai tabulati telefonici risulta il contrario. Era lei a scrivergli continuamente.»

Silenzio tombale. Il procuratore scambiò un'occhiata con il dottor Boccuso senza dir nulla. Fu il questore che passò subito all'incasso.

«Insomma, mi sembra una svolta importante. Forse definitiva. Cosa ne pensate?» chiese ai suoi ospiti.

Il procuratore sembrava quasi dispiaciuto. La pista del regolamento di conti per fatti di droga sicuramente era più gradita. Conteneva meno insidie. Comunque fu costretto a far buon viso a cattivo gioco.

«Certamente… e finalmente direi. Era ora che si arrivasse a qualche conclusione investigativa seria. Fateci avere al più presto una dettagliata informativa su tutto quello che avete scoperto. Il mio sostituto valuterà quali provvedimenti emettere.» Detto questo, si smarcò immediatamente da ogni possibile coinvolgimento diretto, con conseguente assunzione di responsabilità, passando la palla al dottor Boccuso. «Tu che ne dici Giuseppe?»

«Io partirei con una perquisizione della casa e dell'auto di Elena Fiano, accompagnata da un accurato sopralluogo della polizia scientifica. Non credo sia opportuno emettere provvedimenti restrittivi in questa fase. Lei aveva pensato ad altro commissario?»

«Sono assolutamente d'accordo con lei. Partire da subito con un fermo della Fiano solleverebbe un vespaio. Si verrebbero subito a creare dibattiti tra innocentisti e colpevolisti. Tanto non credo che scappi. Anche se volesse farlo, abbiamo sotto controllo il suo telefono e quelli dei suoi familiari. Direi che ci conviene acquisire prima le prove che potrebbero essere nascoste in quella casa. Faremo una valutazione più approfondita a fine giornata. Dopo averla interrogata, in modo che abbia la possibilità di dare una sua spiegazione ai fatti» confermò Casabona.

Il procuratore diede un'occhiata all'orologio e decise di chiudere quell'improvvisata riunione investigativa.

«Bene. Vedo che siamo tutti in sintonia sui prossimi passi da compiere. Mi raccomando il massimo riserbo. Non voglio fughe di notizie sulla stampa, altrimenti qualcuno sarà chiamato a risponderne.»

Si alzò dal divano per andar via. Il dottor Boccuso, senza aggiungere altro lo seguì.

25

Organizzazione della perquisizione a casa di Elena Fiano.

Primo problema da superare.

Il dottor Boccuso era stato chiaro. Voleva: «un accurato sopralluogo della polizia scientifica». L'ispettore Trimboli e quelli della questura di Valdenza non erano in condizioni di farlo da soli. Ci volevano mezzi e competenze di cui non disponevano. Era necessario affidarsi al gabinetto regionale di Firenze. L'operazione andava fatta il giorno dopo, cioè di domenica. Bisognava parlare con Bruno Rossi e fargli capire che non era possibile spostare la perquisizione al lunedì.

«Ciao Bruno... sei impegnato? Puoi parlare?»

«... Carissimo Tommaso... Come stai? Non ti fai mai sentire... e quando lo fai è sempre per una rottura di coglioni. Oggi è pure sabato, mi devo preoccupare?»

«Ti sento con il fiatone... ma che stai facendo? Non è che ho chiamato in un momento, diciamo, poco opportuno?»

«Ma no... figurati... ho smesso da tempo di fare certe cose. Sono in bici. Oggi ho chiesto il sabato libero per cercare di smaltire il chiletto che ho preso a Natale. Dimmi pure, mi sono fermato.»

«Ho una perquisizione molto importante da eseguire. Il

pubblico ministero vuole un sopralluogo della Scientifica molto approfondito. Si tratta della storia della bambina scomparsa. Martina Bonelli, hai presente?»

«Ho presente sì. È un bel cetriolone quello.»

«Hai detto bene, Bruno. Un bel cetriolone che ora ha inquadrato anche il tuo culo nel mirino.»

Pausa di riflessione del dottor Bruno Rossi, dirigente del gabinetto regionale di polizia scientifica di Firenze e grande amico di Casabona.

«Ci sei ancora? O sei cascato dalla bicicletta?»

«Ci sono. Ci sono. Okay, dimmi tutto. Quando la dobbiamo fare questa perquisizione? In questo periodo siamo un po' incasinati. Va bene per il fine settimana prossimo? Tanto la bambina è scomparsa già da cinque giorni. Non credo ci sia motivo di aver fretta.»

«La faremo domani, Bruno.»

Altra pausa del dottor Bruno Rossi, dirigente del gabinetto regionale e non più tanto sicuro di essere grande amico di Casabona.

«Domani? Ma domani è domenica.»

«Lo so, anche qui a Valdenza è domenica. Se ci andremo noi potrete venirci anche voi. Lavoriamo per la stessa amministrazione e ci pagano uguale se non sbaglio. Oppure no?»

«Ma devo richiamare un sacco di gente che è di riposo. Indennità di chiamata in servizio, cambio turno, reperibilità emergente. Chi li sente i sindacati? Anche io avevo un impegno...»

«Mandali a parlare con il dottor Boccuso, quelli del sindacato. Ci vediamo alle otto da me. Il caffè te lo pago io. Passo e chiudo. Buona pedalata.»

Secondo problema da superare.

Anche il procuratore era stato abbastanza chiaro: non voleva fughe di notizie. Aveva minacciato, neanche troppo velatamente, di essere pronto a comportarsi di conseguenza qualora si fossero verificate. Quindi occorreva predisporre le operazioni in modo da scongiurare il pericolo di finire indagati per violazione del segreto istruttorio. Casabona convocò una riunione nel suo ufficio per le sedici.

C'erano l'ispettore Proietti, il sovrintendente De Marco e gli assistenti Bellini e Ruocco. Trattandosi di una perquisizione che riguardava una donna, si aggiunse anche l'ispettrice Daniela Del Gaudio. Il sovrintendente Stefano Bini e Ciondolo erano assenti giustificati. Stavano ancora cercando di dare una spiegazione al brutale pestaggio del giovane Mirko Fontana nel parco di Montebusseto. In ogni caso i presenti erano nel numero giusto. Un eccessivo spiegamento di forze sarebbe stato solo un modo per attirare l'attenzione della stampa.

Il commissario, dietro la scrivania, si alzò in piedi e assunse la posizione a braccia conserte che di solito precedeva le disposizioni di una certa importanza. Qualcuno diceva che somigliava alla posa del Duce durante i discorsi ufficiali, ma non era esatto. Casabona aveva molti centimetri e molti capelli in più di Mussolini e non iniziava i suoi discorsi con: «italiani», bensì con «ragazzi».

«Ragazzi, ora vi do delle indicazioni. Stampatevele bene in mente. Non sono ammessi errori in una faccenda delicata come questa. Primo: noi domani non andremo a fare una perquisizione. Negheremo nel modo più assoluto versioni simili. Noi ritorneremo nella casa della signora Elena Fiano per fare un'ispezione, alla ricerca di tracce che ci possano aiutare a individuare il responsabile o la responsabile della scomparsa della bambina. Imparatela a memoria questa lunga frase. Secondo: non dovete parlare con nessuno degli indizi emersi a carico della signora. Nemmeno con quelli della Scientifica che ci accompagneranno. Lo dico soprattutto a te, Bellini. Resisti alla tentazione di vantarti di tutte le prodigiose scoperte che hai fatto. Terzo: dovremo fare ricerche approfondite, ma dobbiamo evitare di sfasciarle la casa. Massima delicatezza. In particolare, cerchiamo il cellulare che la donna dice di aver buttato. Quello che usava per comunicare con Guzman. Inoltre, dovremo acquisire computer, tablet, smartphone. Insomma, ogni cosa che possa collegarsi a internet. La Scientifica farà il resto. Alla fine porteremo con noi la padrona di casa e la sua auto. È tutto chiaro?»

Cenno di assenso generale.

«Bene. Mi fa piacere. Un ultimo dettaglio: sapete tutti a che ora inizierà la perquisizione domani?»

Gli altri si guardarono tra loro senza dire nulla. Fu De Marco a rispondere per tutti: «Quale perquisizione, dottore? Domani non abbiamo nessuna perquisizione in programma».

Casabona sorrise compiaciuto. Erano svegli quelli della Mobile di Valdenza.

26

Il sovrintendente Bini e l'assistente Giordano si erano messi sulle tracce della ragazza di Mirko Fontana. Quella che Bongo aveva visto insieme a lui prima dell'aggressione.

Ci volle poco per darle un nome. Bastò dare un'occhiata alla pagina Facebook del giovane. In molte foto era insieme a una ragazza della sua età, con una faccia da furbetta nascosta sotto un cesto di capelli neri e ricci. L'aveva taggata come Arya Stark, l'eroina della serie cult *Il trono di spade*. Si era scelta quel nome per la sua identità virtuale. L'ultima foto postata risaliva a prima di Natale: erano insieme e si stringevano infreddoliti sulla terrazza di un ristorante vicino al mare. Ristorante Il pirata, secondo quello che avevano scritto nel post.

Per scoprirne la vera identità avevano esaminato attentamente il suo profilo, e lì era arrivata la doccia fredda. In una delle foto la ragazza era insieme al suo papà: l'avvocato Silvio Acardi. Illustre penalista e titolare di uno degli studi legali più prestigiosi di Valdenza. La fidanzata di Mirko Fontana si chiamava Loredana e abitava in un attico vicino a piazza del Duomo.

Per non spaventarsi davanti a quel nome e pensare di presentarsi a casa dell'avvocato chiedendo di parlare con la figlia, bisognava essere sfrontati e incoscienti. Esattamente ciò che erano Bini e Giordano. Persone assolutamente impermeabili al timore reverenziale. Infatti, verso le diciotto, suonarono al citofono e quando l'avvocato chiese «Chi è?», risposero candidamente «Polizia».

Il noto professionista li fece accomodare nel salotto di casa con l'evidente intenzione di liquidarli nel più breve tempo possibile.

«Non so se posso esservi d'aiuto, ispettore. Oggi lo studio è chiuso. Forse è meglio vedersi lunedì.»

«Non si tratta di cose legate alla sua attività professionale, avvocato. Abbiamo bisogno di parlare con sua figlia Loredana» chiarì subito Bini, che ormai si era scocciato di precisare che lui era sovrintendente e non ispettore.

Nella sala, con i muri ricoperti di arazzi e antichi dipinti, arrivò anche la moglie dell'avvocato. La dottoressa Cecilia Bigagli, psicologa e responsabile di uno dei centri antiviolenza della provincia. Erano divorziati da anni. C'era da chiedersi cosa ci facesse a casa dell'ex marito. La sensazione che provarono i due investigatori fu quella di aver interrotto un'importante riunione di famiglia. Avevano un'unica figlia, il legame che ancora dava loro motivo di vedersi e parlarsi. Tutto lasciava supporre che, se prima era in corso una discussione tra i due, l'argomento non potesse che riguardare lei.

«Mi dispiace, ma Loredana non c'è. È partita per una gita all'estero con una sua amica. Il mio regalo per la Befana appena passata» rispose l'avvocato. «Potete dire a me, fa lo stesso» si affrettò ad aggiungere. Dimenticandosi, però, di manifestare quello stupore e quella preoccupazione che esprime un padre quando, inaspettatamente, si presenta a casa la polizia per chiedere della figlia.

«Eh no, non fa lo stesso, avvocato. Sua figlia è maggiorenne e noi, come lei ci insegna, siamo tenuti a rispettare la sua privacy. Abbiamo bisogno di sentirla come persona informata sui fatti, ma non possiamo dirle di cosa si tratta. Vuol dire che la rintracceremo all'estero. Se vuole essere così gentile da darci le indicazioni necessarie» ribatté Bini, per nulla intimorito.

La dottoressa Bigagli lanciò un'occhiata di fuoco all'ex marito. La tensione tra loro era evidente, e lei, in particolare, non faceva nulla per nasconderla.

«Ora non ho ben presente i dettagli del viaggio. Ho lasciato tutto in studio. Possiamo riparlarne lunedì?» provò ancora a glissare l'avvocato.

L'animo anarchico e irriverente di Giordano prese il controllo della situazione.

«Ahhh... che palle! Ancora con questo lunedì... ma lei pensa che, se questa cosa si fosse potuta fare lunedì, noi saremmo stati qui a rovinarci il sabato pomeriggio? Ci vuole dire dov'è sua figlia o dobbiamo tornare con un decreto di perquisizione? Ci mettiamo poco a ottenerlo dal dottor Boccuso. Però tenga presente che poi, per motivi assolutamente indipendenti dalla nostra volontà e del tutto casuali, ci potrebbero essere diversi giornalisti ad aspettarci di fronte alla sua porta.»

L'avvocato fece un ultimo tentativo di resistenza appellandosi a Bini. «Sovrintendente, il suo sottoposto mi sta mancando di rispetto. Siete venuti a minacciarmi fin dentro casa. Sarete chiamati a rispondere di questo.»

«Facciamo progressi. Nel giro di una decina di minuti ha imparato a riconoscere i gradi e a chiamarmi con il nome giusto. E poi cosa sono mai queste parole? Sottoposto. Come gli schiavi. Alla Mobile di Valdenza non ci sono sottoposti. Ci sono solo eccellenze. Guardi che noi siamo venuti qui per aiutare sua figlia. Abbiamo ragione di ritenere che non siamo gli unici a cercarla. È meglio che la troviamo prima noi. Mi creda.» Poi Bini si rivolse alla ex moglie. «Signora, lo dico anche a lei, che mi sembra più ragionevole.»

La dottoressa Bigagli spezzò la situazione di stallo che si era creata. «Basta, Silvio. Così peggiori solo le cose. Ci dobbiamo fidare della polizia, non abbiamo altre strade.»

«Fatti gli affari tuoi Cecilia.»

«E questi, secondo te, non lo sono? Si sta parlando di mia figlia. Io lo posso affermare con certezza. Più di quanto possa farlo tu.»

La miccia era stata accesa. Stava per scoppiare una di quelle liti tra ex coniugi che possono durare anche giorni, grazie ai rancori accumulati in anni di vita in comune. Una guerra con munizionamento infinito.

Per fortuna proprio in quel momento Loredana si affacciò sulle scale che portavano al piano notte. Vestita con una tuta da ginnastica fucsia e scarpe da tennis bianche, cominciò a scendere.

«Eccomi. Vi dirò tutto quello che volete sapere. Però, vi prego, non portatemi in questura.»

LA POVERA MAMMA PIANGEVA IN CELLA

Su, sciagurata mano mia, la spada,
stringi la spada, e muovi a questo
truce termin di vita, non esser codarda,
né dei figli pensar che d'ogni cosa ti son
più cari, e che li desti a luce.
Questo sol giorno i figli tuoi dimentica,
e poscia piangi. Anche se tu li uccidi,
cari sono essi, e sciagurata io sono.

Euripide, *Medea*

27

Alle otto del mattino tutto il gruppo si ritrovò in questura a Valdenza, pronto per raggiungere Vallegloria. Compresi quelli della Scientifica di Firenze. Contrariamente a quanto si poteva prevedere, non c'erano musi lunghi. Anzi, i fiorentini sembravano un'allegra comitiva di giapponesi in gita. Era normale: tutto sta a partire, si dice sempre. Una volta sistemate le problematiche familiari e usciti da casa, ritorna a prevalere il piacere per il lavoro che si è scelto di fare.

Il dottor Bruno Rossi, per l'occasione, aveva costituito un'unità ERT. diretta da lui stesso. ERT stava per Esperti nella Ricerca delle Tracce sulla scena del crimine, un team formato da personale specializzato nell'analisi del contesto e nella individuazione delle fonti di prova. In particolare: descrizione dell'ambiente, esaltazione di impronte latenti, biologia, dattiloscopia e videodocumentazione. Il fine ultimo di un'indagine è sempre quello di ricostruire con la massima precisione possibile ciò che è accaduto sulla scena del crimine. È un luogo sacro per un investigatore e deve essere trattato come tale. La scena del crimine può dire tutto, ma le voci attraverso cui parla devono essere ascoltate nel modo giusto e hanno bisogno di essere preservate per poter essere riascoltate durante il processo. Dove diventeranno prove capaci di decidere il destino di altri essere umani. Perciò era stato creato l'ERT: per dare una risposta il più professionale possibile a questa esigenza.

Quando arrivarono, indossavano persino il k-way con il logo della polizia scientifica e la scritta ERT.

CSI aveva fatto scuola anche in Italia. A guardarli, mentre si preparavano davanti all'abitazione di Elena Fiano, sembrava di seguire un episodio della famosa serie americana. Eppure l'aspetto esteriore faceva la differenza. Le donne del team nostrano non portavano tacco dodici, minigonna e acconciatura da cerimonia, così come i maschi non sfoggiavano abbronzatura da lampada, fisico palestrato, né taglio di capelli all'ultima moda. Anzi, qualcuno aveva serie difficoltà a infilarsi nella tuta bianca per via della pancetta. Solo Bruno Rossi non avrebbe sfigurato oltreoceano. Lui ci teneva all'aspetto. Fisico asciutto e longilineo, vestito sempre con la massima cura ai dettagli. Era il dandy dell'investigazione scientifica, questo bisognava riconoscerglielo. Ed era anche bravo nel suo lavoro, come i suoi uomini. Il problema stava nel farlo partire. Una volta in campo era il migliore.

A casa Bonelli c'erano marito e moglie. Casabona spiegò quello che erano venuti a fare, nella versione edulcorata ovviamente. Un'ispezione alla ricerca di tracce utili. Non era necessario dire altro. Il decreto di perquisizione glielo avrebbe notificato alla fine.

Il team ERT ebbe la precedenza. Gli altri aspettarono fuori, pronti a entrare in un secondo momento, dopo che i colleghi avevano finito con le loro polverine e luci colorate, in modo da non inquinare ulteriormente l'ambiente.

Anche il commissario rimase ad attendere fuori, insieme

all'ispettore Proietti sotto il porticato della villa. Guardò l'orologio.

«Sono le 8.30, Fabio. Ci giochiamo l'aperitivo?»

«Okay. Io dico almeno dopo le dieci. Oggi è domenica e qui siamo fuori Valdenza.»

«Scommessa accettata. Io dico prima, molto prima.»

Non passarono nemmeno cinque minuti che il cellulare di Casabona squillò. Lo tirò fuori dalla tasca del giaccone, lesse il nominativo e lo mostrò a Proietti. «Prepara i soldi» gli disse. Era Agata Troise, la sua amica giornalista.

«Ciao Tommaso... posso disturbarti? Oggi sono di turno al giornale...»

Casabona si sforzò di rispondere con un tono di voce assolutamente naturale. Come un commissario di polizia che sta passando la domenica a casa.

«Ciao Agata. Dimmi pure.»

«Sicuro... che non disturbo?»

Troise era così. Conoscendola si poteva esser certi che, prima di fare quella chiamata, aveva passato almeno dieci minuti a guardare il telefono. Poi, se si era decisa, era solo perché non poteva assolutamente farne a meno.

«Nessun disturbo.»

«No... è che mi hanno detto che stamattina dovevate fare una perquisizione a casa dei Bonelli.»

«E chi te l'ha detta questa cazzata?»

«Ambienti della procura... non posso dire altro... lo sai come funziona con le fonti.»

Lo sapeva bene Casabona, come funzionava. La fonte di un'informazione era sacra per un giornalista. Tutelata dal segreto professionale, che poteva essere opposto anche davanti a un giudice. Già gli aveva detto troppo parlando di "ambienti della procura". Comunque il commissario non si meravigliò più di tanto. Era già capitato altre volte. In procura non c'erano solo il procuratore e i suoi sei sostituti. Ci lavoravano cancellieri, segretari, archivisti, autisti, assistenti e tante altre persone. Il pubblico ministero aveva bisogno di loro per scrivere il decreto, stamparlo, fotocopiarlo, registrarlo, protocollarlo. Il problema era che non si poteva dire al procuratore che aveva raccomandato la massima riservatezza: «Prima di parlare guarda in casa tua». Si rischiava l'incidente diplomatico. L'unica cosa che poteva fare Casabona in quel momento era trattare con la giornalista, facendo appello alla loro vecchia amicizia. Negare sarebbe stato inutile. Anzi, l'avrebbe solo lavata da ogni senso di colpa e si sarebbe sentita libera di andare avanti per la sua strada.

«Intanto ho preso atto che l'ambiente è quello della procura. Per me può bastare.»

«Ma sei a Vallegloria?»

«Sì. Siamo con quelli della Scientifica di Firenze. Stiamo facendo un sopralluogo approfondito nell'abitazione. Dopo la morte di Walter Guzman abbiamo bisogno di trovare nuovi spunti investigativi per andare avanti.»

Agata Troise aveva vent'anni di mestiere alle spalle e non si faceva fregare così facilmente.

«Ma avete sospetti sulla mamma?» ribatté, come se avesse ignorato la minestra riscaldata che stava tentando di rifilarle il commissario.

«Agata... mi metti in difficoltà. La sai solo tu questa cosa? Gli altri giornali non sanno nulla?»

«È una mia fonte esclusiva, stai tranquillo Tommaso.»

«Okay. Allora facciamo così: io ti do delle informazioni, ma tu mi prometti che non le fai uscire subito. Altrimenti mi ritrovo un inferno qui fuori.»

«Va bene. Le tengo riservate fino al pomeriggio, poi scriverò un pezzo sulla versione *online* del giornale.»

«No. Lo scrivi solo sul cartaceo di domani.»

Troise ci pensò un po' su. «Okay. Ma solo perché sei tu.»

«Grazie, Agata. Sì, è vero, abbiamo dei sospetti su Elena Fiano. Ci sono incongruenze e contraddizioni nella sua ricostruzione dei fatti. Soprattutto rispetto a ciò che emerge dall'esame dei tabulati telefonici e dalle riprese delle videocamere di sorveglianza della zona. Di più non posso dirti, altrimenti mi espongo troppo.»

«Dio bono... la mamma? Ma come si fa? Va bene, solo un'ultima cosa.»

«Dimmi.»

«L'arrestate?»

«No. Almeno non ora.»

Appena chiusa la conversazione, Casabona si accorse che Rossi lo stava chiamando. Si avvicinò e l'altro gli disse: «Mettiti una tuta sterile e i copriscarpe. Devo farti vedere una cosa interessante».

«Non mi piace indossare quelle tute. Ci sto stretto.»

«Quanto sei difficile... mettiti solo i copriscarpe e seguimi.»

Lo accompagnò nella stanza della bambina, dove avevano chiuso le persiane oscurando l'ambiente. Gli porse un paio di occhiali scuri e illuminò il pavimento intorno al lettino con una lampada *crimescope*, che emetteva luce monocromatica a lunghezza d'onda variabile. In tal modo divennero visibili tante macchioline blu cobalto.

«È sangue, che qualcuno ha tentato di ripulire» gli disse a bassa voce Rossi.

«È della bambina?» chiese Casabona.

«Questo non lo so. Abbiamo prelevato dei campioni per fare una comparazione con il suo profilo di DNA. Sicuramente è sangue umano ed è abbastanza recente. Il test è risultato positivo.»

«Quanto ci vorrà per una risposta? Ti prego, non cominciare con le tue solite menate, non dirmi che è necessario un mese.»

«Al laboratorio di analisi a Roma lo stanno già aspettando. Ho predisposto una pattuglia per farglielo avere nel più breve tempo possibile. Forse avremo una risposta già nel tardo pomeriggio.»

Casabona rimase spiazzato. Per la prima volta non era costretto a mercanteggiare per accorciare i tempi di un intervento. Rossi se ne accorse e gli diede la spiegazione che stava cercando ancor prima che lui avesse il tempo di chiederla.

«Roma ci sta addosso su questo caso. Da ieri, dopo che ci siamo sentiti, mi stanno chiamando in continuazione. Pensavo ci fosse il tuo zampino.»

«Per la verità io non ho fatto nulla, però va bene così. Ormai è una storia di rilevanza nazionale. Potevi arrivarci anche da solo, senza aspettare che te lo dicessero loro. Così, almeno, ci facevi una bella figura.»

«A me non piace mettermi in mostra. Non sono un carrierista. Io lavoro per vivere e non il contrario. Comunque, abbiamo quasi finito. Facciamo ancora un po' di foto e poi la casa è tutta vostra.»

Dopo il sopralluogo della Scientifica iniziò la perquisizione vera e propria, che riservò una seconda sorpresa. Nello studio, dietro alcuni volumi della libreria, l'assistente Ruocco trovò il cellulare che i due ex amanti utilizzavano per comunicare tra loro e che Elena aveva detto di aver buttato nel bidone della spazzatura. Era spento ma ancora intatto.

Concluse le operazioni, Elena Fiano e Mauro Bonelli furono accompagnati in questura con la scusa che dovevano essere notificati gli atti del sopralluogo. Anzi, della perquisizione, cominciarono a dire.

28

Come previsto, nel tardo pomeriggio arrivò l'esito della comparazione del DNA con le tracce ematiche rinvenute vicino al letto della bambina. Il sangue era proprio della piccola Martina. Il cerchio si chiudeva nel più drammatico dei modi.

Casabona informò Boccuso di tutte le novità emerse nel corso della giornata e insieme decisero di procedere all'interrogatorio di Elena Fiano.

Era un azzardo, lo sapevano bene. Significava scoprire le carte. Ma ormai non si poteva più far finta di nulla. Bisognava tentare di ottenere una confessione che aiutasse a ritrovare la piccola Martina. Viva o morta. A spingerli verso questa decisione fu anche il fatto che la Fiano non aveva un avvocato di fiducia, che le avrebbe potuto consigliare di avvalersi della facoltà di non rispondere. Le fu nominato un avvocato d'ufficio che, invece, assecondò l'intenzione della donna di rispondere agli inquirenti.

In serata, si ritrovarono tutti intorno al grande tavolo di mogano al centro della sala d'aspetto della squadra mobile, che, all'occorrenza, faceva anche da sala interrogatori. Le pareti bianche erano ravvivate con poster della città di Valdenza e manifesti pubblicitari della Polizia di Stato. Da un lato del tavolo sedeva Elena Fiano con il suo difensore, l'avvocato Stefano Paglia. Poveretto, era appena tornato dall'Abetone, dove era stato a sciare con la sua fidanzata. Avevano in programma una cenetta romantica in uno dei ristoranti di piazza della Sala, ma il suo nome era stato estratto tra quelli dei difensori d'ufficio di turno quel giorno. Quando arrivò in questura aveva ancora la speranza di riuscire a sbrigare la faccenda in poco tempo, in modo da non dover rinunciare alla cena. Poi si rese conto che la faccenda era molto complicata, realizzando nello stesso tempo che era stato baciato dalla fortuna: quel caso gli avrebbe dato un'enorme visibilità, anche di carattere nazionale. Per lui, che era un giovane avvocato all'inizio della carriera, non era una cosa da poco. Perciò informò la fidanzata che la loro serata finiva lì e si adattò all'idea di passare la notte in questura. Dall'altro lato del tavolo c'erano Casabona e Boccuso. Tutto veniva registrato dai microfoni e dalle telecamere che monitoravano l'ambiente.

Intanto, il marito dell'indagata era sorvegliato a vista in uno degli uffici della Mobile. Manifestava insofferenza. Non capiva perché li tenessero lì così a lungo, faceva domande, chiedeva spiegazioni, voleva telefonare. De Marco e Ruocco, che stavano con lui, ebbero un bel da fare per tenerlo buono.

Nella sala interrogatori, era Boccuso a fare le domande, con la sua voce serena e accomodante, come quella di un prete che amministra i sacramenti.

«Signora Fiano, può raccontarci, con precisione, cosa ha fatto il giorno della scomparsa di sua figlia? A partire da quando si è svegliata la mattina.»

La donna reagì spazientita. «Ancora. Ma ve l'ho detto mille volte.»

«Oggi non è come le altre volte. Lei stasera viene sentita in qualità di indagata.»

«Indagata? E di cosa?»

«Lei è indagata per l'omicidio di Martina Bonelli e l'occultamento del suo cadavere.»

Elena si girò verso il suo avvocato, che continuò a guardare davanti a sé senza dire nulla.

«Ma siete impazziti? Mi state accusando di aver ucciso mia figlia? Voi siete matti. È quasi una settimana che Martina è scomparsa e questo è quello che siete stati capaci di fare. Siete degli inetti. Non sapete fare il vostro lavoro e ve la prendete con me.»

Ci voleva ben altro per turbare l'impassibile equilibrio di Boccuso, che fece di nuovo la stessa domanda, come se la donna, invece di lasciarsi andare a quello sfogo, avesse solo chiesto di ripetergliela.

«Signora Fiano, può raccontarci, con precisione, cosa ha fatto il giorno della scomparsa di sua figlia? A partire da quando si è svegliata la mattina.»

Elena si arrese di fronte al muro di ghiaccio eretto dal sostituto procuratore. «Mi sono svegliata verso le otto. Avevo dormito tanto perché la sera prima avevo preso un sonnifero. Sono andata nella stanza di Martina per portarla a fare colazione, ma lei non c'era. L'ho cercata in tutta la casa e nel giardino intorno, ma non l'ho trovata. Quando ho preso il cellulare per chiamare la polizia, ho visto che alle sette mi era arrivato un messaggio di Walter Guzman. C'era scritto che avrei pagato per il male che gli avevo fatto. Contenti ora? È uguale alle precedenti versioni oppure è cambiato qualcosa?»

Boccuso le mise davanti due foto. «Questa è la sua auto, signora Fiano?»

La donna diede un rapido sguardo. «Sì, è la mia auto.»

«Si riconosce alla guida?»

Lei osservò con maggiore attenzione. «Non sono chiare, ma potrei essere io.»

«Qualcun altro, oltre a lei, ha la disponibilità della sua auto?»

«No, la uso solo io.»

«Questi fotogrammi sono stati ripresi alle 6.15 e alle 6.45 del mattino della scomparsa di Martina Bonelli, dalla telecamera di sorveglianza di una banca che si trova vicino a casa sua. Può spiegarci come sia stato possibile se lei, a quell'ora, dormiva?»

Primo colpo al mento. Elena traballò. Si guardò intorno come se solo in quel momento avesse realizzato dove si trovava. Diede un'occhiata al suo avvocato che continuava a fissare il poster sul muro con scritto: «In uno stato democratico la polizia è al servizio del cittadino».

Poi rispose farfugliando: «Ma... io ero a casa... stavo dormendo... non sono uscita quella mattina... la macchina era in giardino quando ho cercato Martina... mi ricordo bene, perché sono andata a vedere se si era nascosta lì dentro».

Boccuso continuò con lo stesso tono di voce: «Va bene, signora Fiano. Va bene. Ora ci parli dei suoi rapporti con Walter Guzman».

«Siamo stati amanti. La storia è durata circa un anno. Agli inizi di dicembre ho deciso di chiudere la relazione. Lui mi ha inviato dei messaggi: voleva che tornassimo insieme. Così ho buttato il cellulare per rompere ogni collegamento.»

Casabona passò a Boccuso il cellulare che era stato trovato a casa dei Bonelli. Era chiuso in una busta di cellophane trasparente.

«Questo cellulare, signora Fiano?»

«Sì, dove lo avete trovato?»

«Era a casa sua. Nascosto dietro dei libri nello studio. Ha idea di come ci sia finito?»

Altro colpo ben assestato con conseguente perdita dell'orientamento nella stanza.

«Ma come è possibile? Io lo avevo buttato nel bidone della spazzatura prima di Natale.»

Boccuso spostò il cellulare sul tavolo e lo sistemò vicino alle due foto mostrate in precedenza. Poi cambiò bruscamente argomento. «Lei fa uso di cocaina, signora Fiano?»

La donna era sempre più prostrata. Ormai il tono di voce sprezzante con cui aveva risposto alla prima domanda era solo un lontano ricordo.

«L'ho già detto al commissario... comunque preferirei non parlare di questo... mio marito...»

Boccuso era impermeabile al disagio della donna. «Lei fa uso di cocaina, signora Fiano?»

«Sì.»

«Da quando?»

«Da qualche anno.»

«Può essere più precisa?»

«Da tre anni. Iniziai a sniffarla un anno dopo aver partorito. Pensavo mi aiutasse a ritornare in forma. Non ce la facevo a stare dietro a Martina e a occuparmi anche di me.»

«La assumeva insieme a Guzman?»

«Sì. All'inizio lui non voleva, ne stava uscendo. Ma io ho insistito e lui ci è ricaduto. Lo so quello che pensa, dottore. Sono una stronza, una madre indegna. Lo sa che le dico? Ha ragione. Ma io volevo cambiare. Ce la stavo mettendo tutta. Volevo rompere con il passato.»

La risposta del sostituto procuratore fu gelida: «Io non penso nulla, signora Fiano. Mi attengo solo ai fatti processualmente rilevanti». Poi continuò. «Dal cellulare che abbiamo trovato a casa sua, contrariamente a quanto da lei dichiarato, da un certo periodo in poi risultano prevalentemente messaggi in uscita diretti al numero di Guzman. Li ha inviati lei?»

«No. Le ho detto di averlo buttato quel cellulare. Da allora non l'ho più visto. Come avrei potuto farlo?»

«Signora Fiano, sua figlia stava bene di salute prima della scomparsa? Soffriva di qualche malattia che potesse causarle perdite di sangue? Non so, qualcosa tipo epistassi.»

«No. Martina stava bene, grazie a Dio. Non ha mai avuto perdite di sangue. A volte, giocando, si è fatta qualche bernoccolo, ma nulla di grave.»

«Allora come spiega le macchie del suo sangue trovate vicino al lettino? E, soprattutto, chi le ha pulite?»

Fu il colpo definitivo. Quello del KO. Elena si portò le mani al volto, come se volesse nascondersi, e iniziò a piangere.

«Ma quale sangue? Cosa volete da me? Perché mi state facendo questo? Cosa è successo a Martina? Riportatemela, vi prego. Riportatemela.»

Boccuso non conosceva il senso della pietà. «Ci deve dire lei dov'è Martina, signora Fiano. Cosa le ha fatto? Dove si trova adesso? Dove l'ha portata?»

Anche Casabona entrò in scena per aumentare la pressione. «Elena, si liberi di questo peso che porta sulla coscienza. Lei ha bisogno di essere aiutata. Si fidi di noi. Ci dica come sono andate veramente le cose e ci faccia ritrovare sua figlia.»

La donna continuò a piangere e a ripetere che non sapeva cosa fosse successo e che rivoleva sua figlia, finché l'avvocato non si ricordò il motivo per il quale era stato chiamato e chiese di porre fine all'interrogatorio.

Boccuso lo fece a malincuore, esercitando una delle due opzioni che avevano previsto. Il finale peggiore: la madre in carcere senza il ritrovamento della bambina.

«Signora Fiano, lei è in stato di fermo perché gravemente indiziata dell'omicidio di Martina Bonelli e dell'occultamento o distruzione del suo cadavere. La polizia provvederà a condurla nel più vicino istituto di pena.»

Il sostituto procuratore si alzò avviandosi verso la porta, seguito da Casabona.

Elena cercò di ricomporsi e riprese a parlare: «Aspettate, vi prego. Vi dirò la verità. Aspettate».

Tutti si fermarono per ascoltare cos'altro avesse da dire.

«È stato Walter a prendere mia figlia. È stato lui, credetemi. Mi disprezzava, ma non per il fatto che la nostra storia era finita, anzi, era stato lui a volerla chiudere perché non si fidava più di me. Si era rimesso in affari con una gang di latinos di Milano. Gli avevano commissionato l'acquisto di cinque chili di cocaina che dovevano arrivare al porto di Livorno, provenienti da Marsiglia. Mi aveva confidato tutti i dettagli dell'operazione. Il carico andò perduto e pensò che fossi stata io a fare la soffiata, in accordo con qualche amico, per rubargli tutta la droga. Per questo mi minacciava. Il messaggio che ho ricevuto la mattina della scomparsa lo dice chiaramente. Anche se non era riferito ai guai sentimentali che avevo provocato, ma a quelli con i marsigliesi e con i latinos. Era questo il vero motivo per cui mi odiava a morte. Ecco, ora vi ho detto tutta la verità.»

Il dottor Boccuso ormai aveva chiuso l'interrogatorio e non

disse altro. Lui e Casabona si scambiarono un cenno d'intesa e fu il commissario a porre fine alla discussione.

«Signora Fiano, sappiamo bene che il messaggio è partito da casa sua. È stato inviato, attraverso un sito internet, la mattina della scomparsa di Martina. Quando non c'era nessun altro in casa oltre a lei. Quindi, la prego, smetta di prenderci in giro, perché così facendo peggiora solo la sua situazione.»

Elena si arrese, placatasi all'improvviso. Come un'attrice che ha finito di leggere la sua parte nel copione e aspetta solo di tornare in camerino.

29

Si dormì poco quella notte. L'interrogatorio di Elena Fiano finì molto tardi. Poi ci furono da scrivere gli atti del fermo, della perquisizione e dei sequestri. Tanta carta e toner per la stampante, che non servirono a dare una risposta alla domanda che tutti si ponevano da una settimana: dov'era Martina?

La frustrazione rendeva il lavoro ancora più pesante. Come quando cammini sotto al sole in cerca di un distributore perché sei rimasto senza benzina, e dietro una curva non trovi nulla. Solo altri chilometri di strada dritta da percorrere.

Il cellulare di Casabona iniziò a squillare già dalle sette del mattino. Erano usciti i quotidiani e il giornale per cui scriveva Agata Troise apriva con un titolo a sei colonne: *Svolta nelle indagini, sotto accusa la mamma.* Tutte le altre testate volevano sapere cosa stesse succedendo. Ed erano anche parecchio incazzate per aver bucato la notizia del giorno. In questi casi, di solito se la prendevano con la polizia, immaginando una fuga di notizie pilotata, piuttosto che accettare l'idea che qualcuno avesse fatto il proprio mestiere meglio di loro.

I nervi erano già abbastanza tesi e la stanchezza faceva il resto, così il commissario decise di non rispondere a nessuno. In fondo si trattava solo di pazientare qualche ora.

Alle dieci si tenne una conferenza stampa. I giornalisti erano tanti. C'erano anche i corrispondenti dei grandi quotidiani e delle TV nazionali. Le sedie non bastavano per tutti. Qualcuno rimase in piedi.

Era presente anche il procuratore, che si sedette al centro del tavolo con il questore e Casabona ai lati. Il dottor Boccuso non amava l'esposizione mediatica, così trovò il modo per defilarsi. Alle loro spalle campeggiava la gigantografia dello stemma della Polizia di Stato con la scritta: QUESTURA DI VALDENZA.

Il primo a parlare fu il capo della procura, che lesse una specie di comunicato stampa: «Nella nottata appena trascorsa, la Polizia di Stato di Valdenza, su ordine del pubblico ministero titolare delle indagini, sostituto procuratore dottor Giuseppe Boccuso, ha proceduto al fermo della signora Elena Fiano poiché gravemente indiziata dell'omicidio della figlia Martina Bonelli e dell'occultamento del suo cadavere. La donna, al termine di un interrogatorio durato tre ore, è stata accompagnata presso il carcere di Firenze».

Gli altri due non aggiunsero niente. I giornalisti attesero qualche secondo, nella speranza di ricevere qualche altra informazione, poi partirono tutti insieme con una raffica di domande. Il groviglio indistinto di voci che si sovrapponevano rese necessario disciplinare l'ordine degli interventi, nel modo empirico usato dagli americani. Indicando, cioè, il giornalista a cui spettava il turno.

Corrispondente di *Repubblica*: «La signora ha confessato?».

Rispose il procuratore: «No, non vi è stata un'ammissione di responsabilità da parte della signora Elena Fiano. Durante l'interrogatorio è apparsa molto provata e confusa. Del resto, come ci insegnano altri casi simili, quando si tratta di fatti così gravi, commessi in situazioni di forte stress emotivo, si può verificare un vero e proprio processo di rimozione dell'accaduto. Stiamo predisponendo la richiesta di una consulenza psichiatrica che ci aiuti a far luce sulla personalità dell'indagata e a chiarire meglio questo aspetto».

Corrispondente dei telegiornali Mediaset: «Cosa state facendo per ritrovare il corpo della bambina?».

Intervenne il questore: «Abbiamo elementi che ci portano a ritenere che si possa trovare nell'area intorno a Vallegloria. Insieme al signor prefetto, stiamo preparando un piano di ricerche che partirà a breve. Prevede il coinvolgimento di protezione civile, vigili del fuoco, polizia provinciale, oltre alle forze dell'ordine e altri volontari. Verranno utilizzati cani addestrati per questo tipo di interventi, ed elicotteri. Il territorio da esplorare è stato diviso in quadranti per ottimizzare al massimo il servizio».

Corrispondente del *Corriere della sera*: «Quali sono gli indizi che vi hanno portato a emettere il fermo?».

Il procuratore passò la parola a Casabona, che ne avrebbe fatto volentieri a meno. «Sono state riscontrate numerose discordanze e incongruenze nel racconto della signora Elena Fiano, che riguardavano sia le modalità della scomparsa della bambina, sia altri aspetti della sua vita privata. Inoltre, la polizia scientifica ha rinvenuto tracce inequivocabili di un episodio di violenza che ha interessato Martina Bonelli all'interno della sua stanza.»

Corrispondente dell'emittente locale TV libera: «Com'è morto veramente Walter Guzman e qual è stato il suo ruolo nella vicenda?».

Ancora una volta il procuratore fece cenno a Casabona di rispondere. «Lo stiamo ancora accertando. Al momento tendiamo a escludere che abbia avuto un ruolo nella scomparsa di Martina Bonelli.»

Corrispondente del *Tirreno*: «A quando risalirebbe l'omicidio?».

Il questore: «Alla mattina stessa in cui la madre ne denunciò la scomparsa».

Corrispondente RAI: «Pensate che possa averla aiutata qualcuno a nascondere il corpo?».

Il procuratore: «Non si sono appalesati elementi che ci portino a ritenerlo».

Corrispondente dell'emittente locale Toscana TV: «La signora ha ammesso le proprie responsabilità?».

Casabona non attese l'autorizzazione del procuratore. La domanda era la stessa fatta all'inizio dal corrispondente di *Repubblica*, quindi bisognava solo ripetere la risposta. «No, non vi è stata un'ammissione di responsabilità da parte della signora Elena Fiano.»

Da ultimo toccò alla corrispondente della *Nazione*, la sua amica Agata Troise, che tutti i colleghi avevano accolto in modo gelido: «Cosa ha detto il marito?». Si rivolse direttamente a Casabona.

Il procuratore e il questore tacquero. Il commissario rimase colpito da quella domanda. Troppo stupida per essere stata posta dalla Troise. O troppo intelligente? Sapeva qualcosa che a lui sfuggiva e quello era un modo per imboccarlo? Non sarebbe stata la prima volta. Comunque doveva rispondere, anche a beneficio degli altri.

«Il marito è rimasto molto sorpreso. Come potrete capire, è affranto per i tragici sviluppi della vicenda.»

I giornalisti andarono avanti con domande sugli argomenti

più disparati, dimostrando una fantasia degna dei migliori autori di noir. A volte si faceva persino fatica a comprenderne il senso. «La signora Fiano ha subìto abusi da piccola? Ha sofferto di depressione post partum? Il marito la maltrattava? Si era sposata per amore o per interesse?» e altre amenità del genere. Si inventavano risposte fin dove si poteva, poi ci si rifugiava dietro un *No comment.*

A un certo punto il procuratore ritenne che era abbastanza e pose fine alla conferenza alzandosi e uscendo dalla sala, seguito dal questore e Casabona.

Nel corridoio il commissario incrociò Agata Troise, che si era fermata come ad aspettarlo. «Passi a mangiare qualcosa da Sandro più tardi? Ti aspetto lì?» gli disse a bassa voce.

«Dopo quello che è successo stamattina, se i tuoi colleghi ci vedono pranzare insieme assoldano un killer e ti fanno ammazzare.»

La Troise cercò di contenere una fragorosa risata. Poi, prima di andar via, aggiunse: «Io al tocco ci sarò. Poi fai te».

30

Quando Casabona rientrò nel suo ufficio, trovò il sovrintendente Bini e l'assistente Giordano. Lo stavano aspettando da mezz'ora. Il primo si era messo comodamente seduto su una delle due poltrone davanti alla scrivania, il secondo stava in piedi a guardare fuori dalla finestra, spostando continuamente il peso del corpo da una gamba all'altra. Per terra c'era un borsone nero, di quelli che si usano per andare in palestra.

Il commissario aveva l'abitudine di lasciare sempre la porta aperta, anche quando usciva, e non si sorprese più di tanto nel trovarli lì. Mentre rimetteva a posto gli appunti della conferenza stampa, chiese: «Che ci fate qui? Siete riusciti a scoprire qualcosa sull'aggressione nel parco di Montebusseto?».

«Aveva dubbi, capo? Abbiamo chiarito tutta la vicenda. Poi, visto che noi siamo della sezione antidroga, abbiamo fatto anche un po' di spesa» rispose Bini gongolando come un pavone. Quindi aprì il borsone e lo appoggiò sulla scrivania. «Vuole favorire, dottore?»

Dentro c'erano una trentina di confezioni cellophanate contenenti della polvere bianca.

«Cos'è 'sta roba?» chiese sempre più incuriosito il commissario.

«Sono cinque chili di cocaina purissima.»

Bini si stava godendo il momento di gloria. La soddisfazione che provava gli si leggeva in faccia: assaporò ogni sillaba di quella frase. In particolare le parole "cinque chili". Quelli della sezione antidroga passavano mesi e mesi a fare indagini che spesso si concludevano con il sequestro di pochi grammi di sostanza stupefacente. Appostamenti, pedinamenti, servizi notturni, intercettazioni telefoniche: insomma, tanti sacrifici e impegno per portare a casa qualche dose di droga e arrestare un paio di spacciatori. Quelle poche volte che riuscivano a mettere le mani su un grosso quantitativo per loro era come vincere la coppa dei campioni. Si facevano addirittura fotografare, tutti insieme, con il trofeo sul tavolo, e poi incorniciavano le immagini per appenderle alle pareti. Come le teste impagliate collezionate dai patiti della caccia.

Casabona tirò fuori una delle confezioni e la osservò con maggiore attenzione. Anche lui era soddisfatto e non fece nulla per nasconderlo. Si lasciò andare a un mezzo sorriso, prima di chiedere: «Dove diavolo l'avete trovata?».

«Ora le racconto tutta la storia, si metta pure seduto» disse Bini.

Il commissario assecondò le sue aspettative. Conoscendolo, era certo che ne valesse la pena. Stefano Bini non era certo quello che nell'ambiente si definiva un "cazzaro". Uno che per farsi bello partiva da una cazzata cercando di presentarla come l'indagine del secolo. Lui e Giordano erano professionisti seri. Se non erano sicuri di una cosa preferivano non parlarne. Si poteva fare affidamento su quello che dicevano, perché la tara l'avevano già fatta loro.

«C'era una volta un ragazzo di buona famiglia che si chiamava Mirko Fontana il quale, per Natale, decise di regalare una bella cena a lume di candela alla fidanzatina, che si chiamava Loredana Acardi.»

«Acardi? La figlia dell'avvocato Acardi?»

«Esatto, proprio lei... dicevo... voleva regalare una bella cena alla sua ragazza e la portò al ristorante Il pirata a Livorno. Prenotò un tavolo vicino alla vetrata, da dove si vedeva un panorama mozzafiato, e ordinò un bel menù a base di pesce, con tanto di ostriche e champagne come aperitivo. Arrivati al dolce, i ragazzi notarono delle lucine che brillavano sulla scogliera sottostante. Mirko pagò il conto e convinse Loredana ad andare a vedere più da vicino. Era una buona scusa per appartarsi e chiudere in bellezza la serata, anche se faceva un freddo cane. Ma i ragazzi, si sa, hanno i bollori e quando partono gli ormoni la temperatura non è mai troppo bassa. Scesero verso gli scogli e si resero conto che c'era veramente qualcosa che si accendeva e spegneva a intermittenza. Trovarono questo borsone pieno di cocaina, agganciato a dei galleggianti, e con un segnalatore luminoso attaccato e un GPS rotto. Probabilmente la nave che doveva fare la consegna aveva mollato il carico prima di entrare in porto. Dopo aver acceso i dispositivi elettronici, così che i destinatari potessero trovarlo. Il GPS doveva essersi rotto urtando la carena di qualche barca in transito e non era stato più possibile individuare il borsone, che era andato alla deriva fino a incagliarsi sulla scogliera sotto il ristorante. Mirko Fontana, appena compreso di cosa si trattava, se la voleva dare a gambe. La ragazza, invece, che vedeva troppe serie TV, lo convinse a prendere il borsone e a portarlo a Valdenza. Pensarono che avrebbero potuto rivendere la droga in modo da intascare un bel po' soldi. Così si misero a chiedere in giro, come se la merce da piazzare fosse una Play Station usata. Ci mancava solo che scrivessero un annuncio su eBay. Evidentemente la voce deve essere arrivata a quelli che aspettavano il carico, che non l'hanno presa molto bene. Hanno dato appuntamento a Mirko nel parco di Montebusseto, fingendo di voler comprare la droga, e poi lo hanno massacrato di botte per farsi dire dove la nascondeva. Solo che non ce l'aveva lui, ma la sua ragazza, che l'aveva nascosta in un armadio della palestra del liceo. Perciò abbiamo dovuto aspettare la ripresa delle lezioni di stamattina per recuperarla.»

Casabona rimase a bocca aperta. Il suo primo commento fu: «Cazzo, allora Elena Fiano diceva la verità».

Bini, che si era perso le ultime fasi dell'indagine, non capì e chiese spiegazioni.

«Stanotte, alla fine dell'interrogatorio, la signora Fiano ci ha confessato che Walter Guzman non ce l'aveva con lei per questioni sentimentali. In realtà, voleva fargliela pagare perché era convinto che si fosse impossessata, con la complicità di qualche amico, di un carico di cocaina che lui doveva prelevare a Livorno e portare ai capi della gang di latinos a Milano.»

«Certo che diceva la verità. La storia fila» confermò lapidario l'assistente Giordano. Ci mancava solo che aggiungesse: «Ma che grulli che siete a non averlo capito prima».

Casabona lasciò correre. Ciondolo era così, ormai se n'era fatto una ragione.

«Quindi Guzman è stato ucciso per questo motivo. Non c'entrava nulla con la storia della bambina scomparsa. Sarà andato in Francia per tentare di chiarire e non gli avranno perdonato lo sgarro. Quella è gente che non scherza. Cinque chili di cocaina sono tanti soldi» concluse Bini.

Si trattava di una ricostruzione assolutamente plausibile. La storia di Guzman era stata collegata alla scomparsa di Martina Bonelli solo per una interpretazione sbagliata del messaggio ricevuto da Elena Fiano. Si era verificato quello che gli investigatori chiamavano *un incrocio di circostanze convergenti.*

Smaltita la sorpresa iniziale, l'attenzione del commissario ritornò a focalizzarsi su cose più concrete.

«Non mi avrete creato casini con l'avvocato Acardi spero?» chiese, conoscendo il tatto dei suoi uomini.

«Assolutamente» rispose Bini.

«Assolutamente sì o assolutamente no?» lo incalzò Casabona.

«Assolutamente no. Anzi, ci ha espresso tutta la sua riconoscenza perché abbiamo trovato il modo di proteggere la figlia da possibili vendette da parte di quella gentaglia.»

«E sarebbe?»

«Abbiamo aspettato la normale apertura del liceo per non dare nell'occhio. Abbiamo detto alla preside che avremmo fatto un banale controllo perché ci era stata segnalata la possibilità che qualcuno potesse essersi introdotto nella palestra per rubare. Così il borsone è uscito senza che nessuno ci facesse caso. Poi siamo andati, virtualmente, a Livorno per recuperare, ufficialmente, il borsone sulla spiaggia vicino alla terrazza Mascagni.»

«Ma non è vero.»

«Certo che non è vero, però così non avremo il problema di proteggere a vita questi due ragazzi. I latinos si convinceranno di aver preso un abbaglio e li lasceranno in pace. Forse si pentiranno anche di aver ucciso Guzman.»

C'era tanta ragione in quello che stava dicendo Bini, però

Casabona non poteva avallare ufficialmente una soluzione del genere. Per quanto efficace potesse essere.

Si stava verificando una di quelle situazioni dove il buon senso doveva prevalere sulla rigida applicazione della norma giuridica, ma non era facile trovare il giusto modo per farlo. Un poliziotto agisce seguendo la legge morale, che gli indica la strada giusta da seguire. Dovrebbe sempre cercarla al di fuori di sé, cioè nelle leggi dello Stato che ha giurato di servire. A prescindere dalle proprie convinzioni e dal proprio modo di vedere il mondo. Solo così la sua azione potrà essere conforme a quella degli altri che appartengono alla stessa organizzazione. Non dovrebbe mai assecondare quella che, come ogni essere umano, porta dentro di sé. Perché, anche se viene percepita come giusta, è per forza di cose soggettiva e arbitraria. Lo aveva detto anche il nuovo capo dell'Anticrimine di Roma quando si era insediato, indicandola come regola fondamentale alla quale ispirarsi nell'esercizio della professione. Ma ogni regola trovava conferma nella sua eccezione, perciò Casabona, per quella volta, concluse la cosa a modo suo. Solo per quella volta si disse, sapendo di mentire a se stesso.

«Ascoltate ragazzi. Di tutte queste cose che mi state dicendo già non mi ricordo più nulla. Stanotte non ho dormito e sono molto stanco. Per me conterà solo quello che leggerò nella vostra relazione. Sul contenuto della quale non starò a fare approfondimenti, ovviamente.»

Per Bini e Giordano era più che sufficiente. Presero il borsone e se ne andarono a scrivere nel loro ufficio.

Casabona rimase da solo e riprese a pensare al caso della bambina scomparsa. Ormai era un tarlo che si era accasato nella sua mente e continuava a produrre domande senza risposta.

Se la Fiano si era inviata il messaggio da sola per coprire le sue responsabilità nella morte della figlia, perché non aveva detto subito il vero motivo dell'astio di Guzman nei suoi confronti?

All'improvviso le cose non gli sembrarono più così chiare come gli erano apparse durante la conferenza stampa. Sentiva che qualcosa gli sfuggiva. Che in quell'incrocio di circostanze convergenti stava arrivando dell'altro, da strade che non erano ancora visibili. L'intuito gli diceva che la partita non era finita lì.

Provava un inconfessabile piacere nel pensarlo, perché l'ipotesi che potessero essersi sbagliati ad accusare Elena Fiano, per quanto professionalmente disastrosa, lasciava aperta la possibilità che Martina fosse ancora in vita.

31

Casabona si affacciò dal portone della questura. Mentre si abbottonava il giaccone blu e si stringeva la sciarpa al collo, diede un'occhiata alla piazza. Non c'era più nessuno. I giornalisti e le troupe televisive avevano smobilitato. Evidentemente erano rimasti soddisfatti delle risposte avute in conferenza stampa, anche se il corpo di Martina non era stato ancora trovato. Ma per quello si poteva sempre tornare, alla fine era solo un dettaglio. Avevano lasciato Valdenza in tutta fretta perché, in una piccola cittadina del nord, si era verificato un caso simile. Giusto il tempo di arrivare, e nel pomeriggio il circo avrebbe rimontato le tende in quel luogo. La cronaca osservava i fatti finché non scivolavano via, trascinati dallo scorrere del tempo. Qualcuno restava a galla un po' di più, ma non poteva resistere a lungo alla corrente che conduceva ogni cosa verso il vortice indistinto dell'oblio.

Le nuvole grigie si erano rinsaldate e minacciavano ancora neve. Il commissario accese un mezzo toscano extravecchio e si avviò verso via della Torre, una delle strade più antiche di Valdenza. Una striscia sinuosa di pietre levigate che, scorrendo tra piccoli portoni in legno e vecchi affacci, separava due file di case che ogni tanto si abbracciavano formando dei romantici archetti.

Una passeggiata a piedi era proprio quello che ci voleva. Per riflettere, toccare la città, ascoltarne la voce.

Usando le moderne tecnologie a disposizione dell'investigatore, si correva il rischio di confondere la realtà con la sua rappresentazione che, in quanto tale, era sempre parziale. Intercettazioni, tabulati, videocamere erano tutti strumenti che servivano a rappresentare qualcosa che era avvenuto o stava avvenendo altrove. In quel mondo reale con il quale non bisognava mai perdere il contatto, perché custodiva tutte le risposte definitive.

Questo valeva anche per chi faceva il mestiere del giornalista. Un cronista di razza sapeva bene che le agenzie, i social, i comunicati stampa, le telefonate erano tutte cose importanti, ma la differenza la faceva la strada. Perché solo lì si trovava la notizia genuina, prima che diventasse mero racconto.

Agata Troise era una che aveva ben presente questa sottile differenza, perciò Casabona, al primo tocco battuto dall'orologio del campanile dopo mezzogiorno, entrò nella trattoria di Sandro. Fare due chiacchiere con lei sarebbe stato di sicuro utile.

Si era seduta al tavolo all'angolo, dietro la colonna di marmo. Quello più nascosto e riservato. Nell'attesa stava sgranocchiando un grissino, quando il commissario la raggiunse e si sedette accanto a lei.

«I tuoi colleghi sono scappati come scolaretti al suono della campana dell'ultimo giorno di scuola» le disse.

«Ma noi restiamo qui. Noi ci siamo dentro, Tommaso. È un'altra cosa.»

«Hai ragione, è un'altra cosa, purtroppo.»

Si avvicinò Sandro, il proprietario del locale. Stava per partire con la solita cantilena del menù del giorno, ma Casabona lo stoppò.

«Con questo freddo ho voglia di qualcosa di caldo e di schifosamente grasso. Cosa mi puoi proporre?»

«Sei fortunato, commissario. C'è rimasta qualche porzione di *carcerato*, fatto da mia moglie stamattina. È buonissimo, ti garantisco.»

«Che sarebbe?»

«È un piatto tradizionale della cucina povera di Valdenza. Una pappa ottenuta facendo cuocere del pane raffermo unito al brodo di cottura delle interiora del vitello, con formaggio grattato e pepe. Noi ci mettiamo anche carote e piselli. Si chiama così perché a Valdenza i macelli comunali erano vicini alle carceri, così i carcerati chiesero il permesso alle autorità di poter avere le interiora, che venivano buttate via, per aggiungerle al pane e acqua che davano loro da mangiare.»

«Ottima soluzione. Vada per il *carcerato*» concluse convinto Casabona.

Agata Troise, invece, cercò di nascondere una lieve smorfia di disgusto e optò per un'insalata mista con tonno.

Nell'attesa che arrivassero i piatti, il commissario andò dritto al sodo. «Se mi devi dire qualcosa, Agata, fallo adesso perché, dopo aver mangiato quella roba, non so se sarò ancora in condizioni di comprendere ciò che mi dirai.»

La giornalista rise. Ripulì le briciole dal tavolo e buttò giù un mezzo bicchiere d'acqua. Poi iniziò il suo racconto.

«Stamattina, mentre facevo colazione al bar vicino al museo, c'erano due uomini di mezz'età che discutevano dopo aver letto il mio articolo che svelava i sospetti su Elena Fiano. Mi ha colpito una frase pronunciata da uno dei due: "... e il maritino che si tromba l'assistente? È tutto un troiaio in quella casa, stai a sentire me...".»

«Ti sei messa a fare anche gossip, adesso?»

La giornalista si risentì. «Se pensi che si tratti solo di gossip, fai finta che non ti abbia detto nulla. Ma io, prima di aver sentito quella frase, mi chiedevo: come può una mamma arrivare a fare del male alla propria figlia? Cosa può scattare nella sua testa? Quanto dolore deve avere dentro per comportarsi così? Cosa deve aver passato?»

Casabona si rese conto di aver sbagliato a scherzare. A volte il cinismo prendeva il sopravvento. Si appoggiò con i gomiti sul tavolo e si avvicinò il più possibile all'amica, per non correre il rischio di essere sentito da altri mentre parlava. «Ascolta Agata, che il dottor Mauro Bonelli non sia il marito ideale l'ho capito la prima volta che l'ho visto. Non ci voleva molto. Ma questa è una valutazione di ordine morale. Nei processi, questa roba qui nemmeno la vogliono sentire. A meno che non assuma una rilevanza giudiziaria. Se tutte le mogli tradite fossero autorizzate ad ammazzare i propri figli, l'umanità si estinguerebbe nel giro di una settimana.»

«Ma con la sua assistente?»

«L'assistente è un classico... ma capita anche con la migliore amica. E allora? Dov'è la novità? Sempre che le voci siano vere. Perché c'è da dire che la tresca tra il dottore e la sua assistente è uno stereotipo. Come il manager e la segretaria. Fanno un lavoro che li porta a stare a stretto contatto, ma non è detto che si debba per forza finire a letto.»

«Hai ragione. E comunque, anche se fosse vero, non sarebbe la prima volta e non sarà l'ultima. Forse mi sono lasciata condizionare troppo dalla dimensione umana della tragedia, perdendo quel giusto distacco che il nostro lavoro richiede.»

«Di Elena Fiano, invece, cosa mi dici? La conosci?»

Agata prese un altro grissino e ne sgranocchiò un pezzo, per darsi il tempo di rimettere insieme i ricordi. «Certo, la conosco da quando era una ragazzina, anche se non ci siamo mai frequentate. È una donna molto intelligente. Si è laureata con il massimo dei voti in medicina...»

«Anche lei è laureata in medicina? E come mai mai non è, entrata nello studio del padre?»

«Perché non andavano d'accordo. Il professore era un tipo molto esigente, vecchio stampo. Elena, invece, è sempre stata una ribelle, con un carattere forte e determinato. Il matrimonio con il dottor Bonelli ha messo a posto tutte le cose. Il giovane assistente ambizioso che veniva da Firenze ha avuto il suo studio importante, che è restato in famiglia, anche se lei difficilmente ci metteva piede. Faceva la sua vita. Si teneva in forma, si prendeva cura di se stessa e della bambina. Non ha mai avuto amiche. Le piaceva essere al centro dell'attenzione, guardava dall'alto in basso le sue coetanee. Me compresa. Questa ostentata perfezione ha sempre creato un distacco tra lei e il resto del mondo.»

La giornalista si accorse che Casabona stava riflettendo, perciò le venne il dubbio di essersi spinta troppo oltre. Provò un leggero imbarazzo nel sentirsi come quelle persone che adorano parlar male degli altri quando sono vulnerabili. Agata Troise non era così e cercò di rimediare al più presto.

«Con questo non voglio dire che Elena sia una cattiva persona. È fatta così. Non è nemmeno colpa sua. Figlia unica cresciuta in un ambiente che non le faceva mancare nulla ma che, al tempo stesso, pretendeva da lei sempre il massimo. Probabilmente, con il tempo, si è adattata a questo ruolo di ragazza perfettina che le avevano imposto. Fino a quando non è esplosa la ribellione che covava dentro.»

Arrivarono i piatti che stavano aspettando. Si parlò d'altro senza ritornare sull'argomento, ma ormai il guaio Troise l'aveva fatto: la pulce era entrata nell'orecchio del commissario, che non era il tipo da tenersela.

32

Il piano di ricerche predisposto dal prefetto era entrato in azione alle quattordici. Partecipavano solo un paio di pattuglie della Mobile, il resto del personale doveva continuare a occuparsi delle indagini. Oltre a scoprire dove si trovava il corpicino di Martina, c'erano anche altre domande che meritavano una risposta. La più importante era questa: perché Elena Fiano aveva fatto una cosa così orrenda?

Casabona andò via un po' prima, quella sera. In fondo era pur sempre domenica. Sua figlia Chiara aveva passato gran parte della giornata vicino alla mamma in ospedale. Si fermò anche lui per un breve saluto a Francesca e poi se ne ritornarono a casa. Si divisero i compiti: Chiara andò ai fornelli e il babbo accese il fuoco nel camino. Durante la cena provò a girare a lei quella domanda che si era portato dentro. Come criminologa specializzata in psicologia della devianza, aveva la competenza necessaria per dare una risposta sensata.

Chiara si sentì orgogliosa della considerazione che le stava dimostrando il padre, così si avventurò in una vera e propria lezione su quella che gli esperti chiamavano la "sindrome di Medea".

«La maternità comporta cambiamenti rilevanti, da cui deriva un forte stress. La vita di tutti i giorni viene stravolta da un aumento improvviso di compiti e di responsabilità, non paragonabili con le esperienze precedenti. È una condizione di sovraccarico che genera elevati livelli di affaticamento. Quando si pensa all'amore materno, così fondamentale nella vita di tutti noi, lo consideriamo qualcosa di assoluto, di istintivo. Ma il cambiamento di sé, che ogni maternità impone, non è così facile da sopportare. Ci vuole una forza tale da parte dell'io e un sostegno così solido da parte dell'ambiente, che non sempre si riescono a realizzare in modo efficace. Hai idea di quante volte una madre, stanca di cullare il figlio che piange inconsolabile per tutta la notte, ha pensato di gettarlo dal balcone? Sono pensieri normali, perché è normale provare il desiderio di disfarsi della responsabilità, a volte percepita come al di sopra delle proprie capacità. Ciò che non è normale è la trasformazione del pensiero in azione. Affinché ciò non accada, è fondamentale il sostegno dell'ambiente, del marito e dei familiari. Tutte cose che aiutano la donna a non frantumarsi. Lasciarsi aiutare nella cura del piccolo consente alla mamma di recuperare il senso di sé, evitando di sentirsi dilaniata dalla paura di non farcela, che prende il sopravvento nei momenti di fragilità. Quando questo sostegno non c'è, la mamma fa di tutto per attingere alle proprie risorse, ma queste potrebbero non bastare. Soprattutto se la donna ha già un passato problematico.»

Casabona dimenticò che a parlare era sua figlia. In quel momento aveva davanti una professionista che stava dimostrando grande preparazione e gli mostrava le cose da una giusta prospettiva. Perciò continuò a cercare soddisfazione alla propria curiosità.

«Ma in questa condizione di generale fragilità, cosa può

rappresentare un punto di rottura? Ci può essere un evento particolare che spezza l'equilibrio, per quanto precario possa essere?»

«Le motivazioni che spingono una donna a togliere la vita al proprio figlio possono essere tante. A volte la nascita di un bambino non dona alla madre quella felicità che secondo il nostro immaginario dovrebbe comportare. Al contrario: può sentirsi triste, rabbiosa, inadatta al ruolo di madre. Ci può essere una patologia psichiatrica conclamata, oppure un rifiuto del bambino perché indesiderato. Alcuni maltrattamenti possono essere causati da irritabilità o sfinimento, e sfociare accidentalmente in omicidio. Un sentimento di depressione dopo la nascita di un figlio è la causa più comune, un evento fortemente stressante di cui spesso le donne tacciono per imbarazzo. In psicologia, i vari sintomi depressivi che emergono a seguito di una gravidanza si definiscono disturbi dell'umore, e vanno da un grado più lieve, il cosiddetto *baby blues*, a casi più gravi di psicosi, che possono sfociare nell'omicidio. Poi ci sono madri che vogliono attuare una vendetta nei confronti del coniuge, verso cui si nutre odio, rancore, gelosia, e il coniuge stesso viene punito tramite l'uccisione del figlio, visto come il frutto del loro amore. Altre madri uccidono i figli indesiderati, cioè quelli nati da una gravidanza non voluta, come nel caso di uno stupro, associando il figlio a un ricordo traumatico. Oppure c'è quella che noi chiamiamo la "sindrome di Münchhausen per procura", che si verifica quando la mamma inventa sintomi e disturbi del figlio prodigandosi in atteggiamenti di ipercura, arrivando anche a sottoporlo a interventi inutili, danneggiandolo e talora uccidendolo. Insomma, la casistica è varia. Per capire bisogna indagare a fondo nel vissuto della donna e di chi le sta a fianco.»

«Perché una madre che non vuole più suo figlio non pensa a una soluzione alternativa, ma decide di proseguire per questa via tragica?» chiese ancora Casabona.

«L'esperienza del parto trasforma la concezione di sé, la simbiosi che si crea col feto prima e col bambino dopo crea un legame inscindibile, che a volte assume forme grottesche. L'esperienza fisica ed emotiva del parto, unita alla pressione sociale che vede la madre indissolubilmente legata e pronta a sacrificarsi per il figlio, porta la donna a vivere il bambino come un prolungamento di sé di cui non può liberarsi. È parte del proprio corpo, ed è a questo punto che di fronte a tanta ambivalenza scatta il pensiero distorto: come posso dare via una parte di me? Questa può essere soppressa, ma non separata. Accade una sorta di distorsione del pensiero che porta a percepire come meno dolorosa la soppressione di un figlio, piuttosto che la separazione da esso o l'accettazione dell'idea di essere una cattiva madre. Così si fa strada il pensiero "ciò che non esiste non può farmi male".»

«Ma può capitare che poi non ricordino più nulla?»

«Certo. La rimozione totale dell'esperienza vissuta è possibile, perché un gesto così distonico, rispetto al desiderio di essere una buona madre, non può essere accettato da una mente già scossa dallo stress e dal senso di non farcela.»

Chiara si rese conto che il padre aveva preso molto sul serio quella chiacchierata, così cercò di ritornare a una dimensione familiare, buttandola sull'ironia. «Senti, commissario, mi aspetto una ricompensa per questa consulenza. Non pensare di cavartela così. Il lavoro è lavoro. Quindi, stasera rigoverni tu. Ci sono piatti e pentole che aspettano da giorni di essere lavati.»

«Mi sembra giusto. Provvederò a saldare il conto più tardi.

Ora vado a dare da mangiare a Snaus e a fumare un mezzo toscano in giardino» replicò Casabona.

«Ti prenderà un accidente con questo freddo.»

«Tranquilla, mi ci sono abituato al freddo negli ultimi giorni.»

Gli era stata utile quella chiacchierata. Tra l'altro gli aveva fatto ritornare in mente le parole di Agata Troise. Ora anche lui si chiedeva quale potesse essere stato il ruolo del marito nel far crollare quell'equilibrio precario di cui aveva parlato Chiara. Forse valeva la pena approfondire anche questo aspetto, partendo dalla relazione clandestina dell'uomo con la sua assistente.

IL BABBO SI DIVERTIVA CON LA SUA BELLA

Guai a voi, scribi e farisei ipocriti, che assomigliate
a sepolcri imbiancati: all'esterno appaiono belli,
ma dentro sono pieni di ossa di morti e di ogni marciume.

Matteo, 23:27

33

L'assistente del dottor Mauro Bonelli si chiamava Elvira Ducheschi. Era una bella ragazza mora di 28 anni. Minuta, ma con un bel fisico armonico e i capelli neri tagliati molto corti. Nell'ambulatorio di dermatologia si occupava un po' di tutto. Prendeva gli appuntamenti, incassava le parcelle, teneva la contabilità e aiutava il dottore durante i piccoli interventi che realizzava in studio.

Erano molto affiatati sul lavoro. In una grande città, nessuno si sarebbe accorto che poteva esserci dell'altro, ma nella piccola provincia di Valdenza, nulla passava inosservato. Non esistevano segreti. Tutto poteva essere svelato, era solo questione di tempo. Si poteva sperare di cavarsela solo nel caso di un'unica e imprevedibile scappatella. Quella che le sagge signore di una certa età, che avevano imparato la lezione, definivano "una botta e via". Perché a ogni ripetizione dell'evento, il rischio di essere scoperti aumentava, fino a diventare certezza. È la perseveranza che svela il peccato, oltre all'abitudinarietà.

Mauro Bonelli ed Elvira Ducheschi eccellevano in questi due difetti. Si vedevano sempre nello stesso posto: uno chalet in un boschetto a pochi chilometri da Vallegloria, scendendo verso Valdenza. Sempre alla stessa ora: dalle 14.30 alle 16.30. E sempre lo stesso giorno: il giovedì. Si concedevano ogni tanto una notte insieme, in occasione di finti convegni fuori città.

L'ispettore Proietti ci mise poco a raccogliere queste notizie, dopo aver ricevuto l'incarico da Casabona. Lavorava da più di venticinque anni alla Mobile. Conosceva tutti e sapeva dove andare a chiedere.

In ogni centro abitato, piccolo o grande che sia, esistono alcune persone che hanno questa particolare attitudine: quella di impicciarsi degli affari degli altri. Si tratta di una vera e propria funzione sociale. Un ruolo non facile da impersonare e non per tutti. Occorre avere una memoria da elefante, la capacità di mettere in relazione nomi, volti e fatti, ed essere sempre presenti in posti dove la gente si ferma e si sente a proprio agio per lasciarsi andare a confidenze. Inoltre si deve essere affidabili e discreti. Perché la gente si lascia andare a confidenze solo se può contare sulla garanzia dell'anonimato. La verità non ama apparire nuda, ha bisogno sempre di una maschera per coprirsi. Ogni notizia, o calunnia, deve sempre partire dalle parole: «Ho sentito dire...», «Si dice...», «Pare che...». Giammai: «Tizio mi ha detto», «Caio ha visto...».

A Napoli, per esempio, pensò Casabona, esisteva da secoli una categoria professionale abilissima in quest'arte: la "capera". Si trattava di parrucchiere per signora a domicilio. Tra un colpo di pettine e l'altro, chiacchieravano e portavano con loro storie e pettegolezzi.

Dopo aver acquisito certe informazioni, Casabona e Proietti decisero di andare a toccare con mano. Verso mezzogiorno si presentarono nell'ambulatorio di Mauro Bonelli, fondato e avviato dal defunto professor Ippolito Fiano, padre di Elena Fiano. Si trovava al primo piano di un antico palazzo, di fronte al vecchio ospedale del Ceppo.

Come si aspettavano, alla reception c'era lei: Elvira Ducheschi. La riconobbero subito. Il suo taglio di capelli era inconfondibile: ricordava Demi Moore in *Soldato Jane*. La sorpresa, invece, fu quella di trovarci anche il titolare, il dottor Bonelli, che li fece accomodare nel suo studio. La moglie stava in carcere ed erano ancora in corso le ricerche del corpo della figlia. In teoria, non doveva essere nello spirito giusto per lavorare. Infatti, fu lui stesso a chiarire subito perché si trovava lì.

«È un caso che mi troviate in ambulatorio. Sono passato per visitare due pazienti che hanno un melanoma. Sono situazioni delicate che devono essere seguite. Queste malattie tremende non si fermano mai, nemmeno davanti al mio dolore. Stavo per andare via. Ma come mai siete qui?»

Casabona mentì spudoratamente: «Eravamo di passaggio da queste parti e abbiamo visto uscire delle persone. Così, prima di salire fino a casa sua a Vallegloria per parlare con lei, abbiamo fatto un tentativo. Siamo stati fortunati, a quanto pare».

«Ditemi, allora, ci sono novità? Avete trovato qualcosa?»

«Purtroppo no. Le ricerche sono ancora in corso. Volevamo solo farle qualche domanda su sua moglie.»

Il dottor Bonelli si rattristò di colpo. Gli occhi gli si inumidirono come se stesse per piangere. «Volete farmi domande su mia moglie? Come se non bastassero quelle che mi sto già facendo io da ieri notte. La persona che avete arrestato, se è vero che ha fatto quello di cui l'accusate, non è mia moglie. Non posso accettare l'idea di aver vissuto tanti anni con una donna del genere. Di averci dormito insieme in intimità. Non riesco a farmene una ragione. Non mi capacito.»

Casabona cercò di essere il più delicato possibile. «Capisco, non deve essere facile accettare una situazione del genere.

Quello che volevo chiederle è come stava Elena negli ultimi tempi. Se, ripensandoci adesso alla luce di quanto è accaduto, le vengono in mente suoi comportamenti strani. Non so... insofferenza verso la bambina... uno stato di sovraffaticamento... oppure se era preoccupata per Martina perché temeva che fosse malata.»

«Nulla di tutto ciò. Avevamo già superato i momenti più difficili e impegnativi. La bambina era... no, finché non vedrò il suo corpo non voglio parlare di lei al passato... è autosufficiente. Mangia da sola, sa usare il bagno in modo indipendente, va all'asilo. Insomma, è una bambina normale. Come tante. Elena aveva tutto il tempo che voleva a disposizione. Faceva la sua vita. Andava in palestra, a fare shopping.» Si fermò un attimo come per trattenere, senza riuscirci, un rigurgito di rabbia. «Trovava anche il tempo per farsi scopare da quell'animale. Non credo che fosse molto stressata.» Ritornò in sé. «Scusatemi, mi sono lasciato prendere dalla collera.»

Casabona lo rassicurò: «Non si preoccupi. È comprensibile in una situazione del genere. Tornando a noi... Eppure la signora Elena assumeva farmaci per dormire la notte. Glieli prescriveva lei, se non sbaglio».

«È vero. I primi giorni di dicembre mi disse che aveva difficoltà ad addormentarsi e si sentiva sempre in ansia. Le prescrissi del Lexotan in gocce, un ansiolitico appartenente alla classe delle benzodiazepine.»

«Scusi la domanda da ignorante in materia: ma le benzodiazepine si combinano bene con la cocaina di cui faceva uso sua moglie?»

Il medico si mise sulla difensiva. «Certamente no. L'interazione è molto rischiosa. Può innescare aggressività, aumentare le tendenze suicide e le paranoie. Ma io l'ho appreso ieri che Elena faceva uso di cocaina. Non me lo aveva mai detto e non me ne ero accorto. Anche questa è stata una scoperta che mi ha scioccato.»

«Certo, se lo avesse saputo sicuramente non le avrebbe prescritto un farmaco del genere.»

«Assolutamente no. È ovvio.»

«I rapporti tra voi com'erano ultimamente?» chiese ancora Casabona.

«Gliel'ho già detto, commissario. La trascuravo e lei ogni tanto me lo faceva pesare. Mi sono dedicato troppo al lavoro negli ultimi tempi. Ma non ci sono mai stati litigi accesi. Brontolava, ecco. Nulla di più.»

Casabona avrebbe voluto chiedergli se il lavoro a cui si dedicava troppo negli ultimi tempi si chiamasse Elvira, ma non poteva farlo in modo così diretto. Doveva provare a girarci intorno.

«Dottore, mi scusi se potrò sembrare invadente, ma devo chiederle se anche lei si è concesso qualche libertà, oltre al lavoro e agli altri impegni.»

«E questo cosa c'entra?»

«C'entra perché, dai tempi di Medea e Giasone, alcune donne, quando scoprono di essere tradite, se la prendono con i figli. Glielo chiedo non per giustificare quello che ha fatto sua moglie, ma per cercare di capire da dove possa essere nato un gesto del genere.»

Il dottor Bonelli era in imbarazzo. Cercava le parole giuste. «Commissario, siamo tra uomini, non posso negare di aver avuto delle... dei momenti di debolezza, diciamo. Soprattutto dopo la nascita della bambina. Lei ha figli?»

«Sì, ho due figli.»

«Quindi sa bene come sono le donne, in quel periodo. Ignorano completamente i mariti.»

«È un fatto naturale.»

«Lo so, è un istinto. Ma anche noi maschi a volte rispondiamo a degli istinti. Questo non lo si considera mai. Comunque, non è mai stato nulla di impegnativo. Io ho sempre amato solo lei. E la amo ancora adesso, dopo quello che ha fatto. In ogni caso, non credo che abbia mai potuto sospettare di nulla. Non me lo hai mai rinfacciato o fatto capire.»

Proprio in quel momento entrò Elvira. Il medico arrossì leggermente.

«Dottore, mi scusi se la disturbo, ho in linea il professor Chiusolo dall'Università di Pisa.»

Prima di rispondere il dottor Bonelli aspettò un cenno da Casabona.

«Faccia pure. Noi abbiamo finito. Ci scusi per il disturbo.»

Si alzarono e uscirono dopo una veloce stretta di mano al medico.

Mentre scendevano le scale del palazzo, il commissario chiese a Proietti: «È ancora intercettato il dottore?».

«Sì. Non sono ancora scaduti i quindici giorni. Sono tutte attive le intercettazioni. Sia quelle telefoniche, sia quelle ambientali sulla macchina sua e della moglie.»

«Bisogna controllare se ha avuto conversazioni con la sua assistente durante questo periodo. Non vorrei che queste voci che li riguardano fossero solo calunnie.»

«Già fatto. C'è una sola telefonata. Elvira Ducheschi lo ha chiamato un paio di giorni dopo la scomparsa della bambina. Lui non le ha dato nemmeno il tempo di parlare. Si è limitato a dire: "Ora non posso, mi faccio vivo io più tardi". Cosa che non ha fatto con l'apparecchio intercettato. Probabilmente ha richiamato da un telefono pulito e le avrà detto di non utilizzare più quel numero.»

«Allora dovremo acquisire anche i suoi tabulati telefonici del periodo precedente la scomparsa. Quando non era ancora accaduto nulla e non poteva temere di essere intercettato. Così sapremo la verità.»

34

Le ricerche del corpo di Martina Bonelli andarono avanti per due giorni con il massimo impiego di personale. L'area da perlustrare era stata individuata considerando il tempo impiegato dall'auto di Elena Fiano tra il passaggio di andata e quello di ritorno sotto la telecamera della banca. 30 minuti in tutto. Quindi il confine della zona da esplorare era quello raggiungibile in 15 minuti alla velocità media di 50 km all'ora, considerato che si trattava di una strada di montagna piena di tornanti. Il calcolo portava al risultato di 12,5 km.

Come aveva assicurato il questore durante la conferenza stampa, alle ricerche parteciparono un centinaio di persone, tra volontari della protezione civile, vigili del fuoco, polizia provinciale, soccorso alpino e forze dell'ordine. Ognuna covava dentro due opposte speranze: che venisse ritrovato il corpo di Martina, per mettere fine allo strazio dei genitori, ma che la sventura toccasse a qualcun altro. Nessuno desiderava conservare nella mente il ricordo indelebile del corpicino straziato della bambina. L'orrore non lascia mai indifferenti. Quando entra dentro consuma una parte di fiducia nell'umanità. Ci rende più insicuri, diffidenti e, per questo motivo, anche più cattivi.

Una volta battuta tutta l'area, il numero di operatori fu ridotto, così come i tempi dell'operazione. Era ancora troppo presto per smettere di cercare. Significava ammettere una sconfitta e doversi preparare a un processo per omicidio senza il cadavere, con tutte le insidie che comportava. Ma nemmeno si poteva continuare all'infinito con un impiego così ingente di risorse. Gli uomini e i mezzi servivano anche altrove. C'era tutta una provincia da controllare. La criminalità non si era fermata.

Sul fronte investigativo, arrivarono i tabulati telefonici del dottor Bonelli e della sua assistente Elvira Ducheschi. Confermarono pienamente l'affidabilità dell'antica locuzione latina *Vox populi, vox dei*. I due si sentivano e si scambiavano decine di SMS quando non erano insieme per lavoro. Altro che "momenti di debolezza". Ora gli esperti stavano analizzando le celle agganciate dai due cellulari, per ricostruire i loro spostamenti.

Intanto i giorni passavano e le festività natalizie stavano lentamente diventando un ricordo lontano. La gente era tornata al lavoro dopo aver giurato di mettersi a dieta per perdere i chili accumulati.

Non erano ancora disponibili i risultati della ricerca di impronte digitali e tracce biologiche sul telefonino trovato dietro ai libri nello studio di casa Bonelli. Quello che la Fiano giurava e spergiurava di aver buttato nel bidone della spazzatura. E mancava ancora l'esito degli accertamenti sul computer e sul tablet sequestrati la mattina della perquisizione. Da lì sarebbe arrivata la conferma ufficiale che l'SMS attribuito a Walter Guzman era partito proprio da quella casa.

Le risposte giunsero il giovedì mattina e furono sconvolgenti.

Casabona stava alla scrivania a firmare informative, segnalazioni e ordini di servizio, insieme alla sua segretaria. Tutte cose che dovevano comunque essere fatte per mandare avanti l'ufficio. Squillò il cellulare: era il dottor Bruno Rossi, il responsabile della Scientifica di Firenze.

«Ciao Bruno. Dimmi tutto, avete finalmente concluso qualcosa?»

«Carissimo Tommaso, sei seduto?»

«Sì, sono seduto.»

«Allora tieniti ben stretto a quella poltrona che stai per perdere, perché tra poco ti manderanno via a calci nel culo per l'abbaglio che hai preso.»

Casabona iniziò a innervosirsi. Non gli piaceva per nulla il tono di voce dell'amico. «Cosa è successo? Non sono dell'umore giusto per i tuoi scherzetti del cazzo. Il corpo della bambina non si trova, la signora Fiano continua a proclamarsi innocente e qualcuno comincia a crederle. Inoltre, mia moglie è ancora in ospedale. Ti basta? Ora dimmi quello che mi devi dire.»

«Sul telefonino che abbiamo trovato dietro i libri ci sono le impronte del dottor Mauro Bonelli. Oltre a quelle di Elena Fiano, ma questo è normale perché il telefono era suo. Meno normale è che ci siano anche quelle del marito. Capisci quello che voglio dire?»

Casabona non riuscì a dire altro che: «Merda. Ma ne sei sicuro?».

«Ne sono sicuro. È tutto scritto nella relazione che stiamo per inviare al magistrato. Te ne farò avere una copia, così ti renderai conto di persona.»

La sovrintendente Michela Paolozzi, che si occupava delle incombenze di segreteria alla Mobile, si rese conto che stava succedendo qualcosa di molto grave. Raccolse le cartelle e uscì dalla stanza chiudendosi la porta alle spalle.

«Ci sei, Tommaso?» chiese Bruno Rossi al cellulare.

«Sì, sì, ci sono. Fammici pensare un attimo. Vedrai che una spiegazione ci sarà.»

Anche Rossi non aveva più voglia di scherzare. Aveva capito che la faccenda era diventata seria e rischiava di travolgere tutti. «Certo, tranquillo. Una spiegazione c'è senz'altro e tu la troverai. Ne sono sicuro. Se hai bisogno di qualcosa chiamami pure. Anche di domenica. Ti abbraccio.»

Il commissario appoggiò il cellulare sulla scrivania e si lasciò andare all'indietro sulla poltrona, chiudendo gli occhi per un attimo. Prima di riflettere sulla questione aveva bisogno di rilassarsi, ma non gli lasciarono il tempo di farlo.

Bussarono alla porta. Erano l'ispettore Proietti e l'assistente Bellini con un pacco di fogli in mano. Il primo si accorse subito che qualcosa non andava, o magari glielo aveva detto la Paolozzi mentre rientrava nel suo ufficio.

«Che succede? Va tutto bene?»

Casabona preferì non dire nulla per il momento. «Niente di particolare, ne parliamo dopo. Voi, invece, cosa avete?»

«Sono arrivati i risultati degli accertamenti sul computer e sul tablet sequestrati.»

Bellini gli passò il carteggio che aveva in mano e aspettò un suo cenno per dare inizio alla spiegazione.

«E quindi?» si limitò a chiedere il commissario.

«La connessione verso il sito internet da cui è partito il falso SMS è stata stabilita attraverso il computer che si trovava sulla scrivania del dottor Bonelli. C'è un solo account utente: "Mauro". Protetto da una password: "Elvira". Molto stupida, direi.

Non è stato nemmeno necessario craccarla. L'abbiamo beccata al terzo tentativo, dopo "Martina" ed "Elena". Semplificando: questo significa che chi ha inviato il messaggio ha avuto la disponibilità del computer dalle 6.55 alle 7.00 del giorno della scomparsa della bambina e conosceva la password.»

«Forse la conosceva anche Elena Fiano» ipotizzò Casabona.

«Non ha senso proteggere il computer con una password, se la conosce anche l'unica persona che potrebbe accedervi nella casa» replicò Bellini.

«Questo è vero. Ma non può essere stato Bonelli. Era a Torino in quei giorni» disse il commissario. Poi girò lo sguardo verso Proietti che scosse il capo.

«Abbiamo finito l'analisi delle celle dei tabulati. Il dottore era qui a Valdenza quella notte. Anzi, i due piccioncini erano insieme. I loro cellulari hanno agganciato una cella compatibile sia con lo chalet dove si incontrano di solito che con l'abitazione ufficiale di Vallegloria. In effetti, distano una quindicina di chilometri in linea d'aria.»

La schiena di Casabona fu percorsa da un brivido. E non era per il freddo. Stava crollando tutto. Le certezze che avevano portato Elena Fiano in carcere venivano giù come un castello di sabbia quando si alza la marea. Il disastro che tutto questo avrebbe comportato lo si leggeva sulle loro facce. Tutti e tre si erano resi perfettamente conto che la squadra mobile di Valdenza stava per essere crocifissa. Bisognava subito liberare la povera mamma chiusa in cella e chiedere perdono per aver inflitto un ulteriore dolore a una donna che aveva perso l'unica figlia. Ma prima dovevano trovare le parole giuste per dirlo al questore e al dottor Boccuso.

«Ma l'auto? La Punto rossa che si vede nelle riprese della telecamera della banca è quella di Elena Fiano e c'era una donna con la sua fisionomia alla guida» provò a obiettare Casabona.

«Non so che dirti. Chiederò a De Marco e Ruocco di guardarsi un'altra volta l'intero filmato. Può darsi che ci sia sfuggito qualcosa.»

Casabona annuì, prima di aggiungere: «Se proprio vuoi saperla tutta, Fabio, poco fa mi ha chiamato Bruno Rossi e mi ha detto che sul telefonino nascosto dietro i libri ci sono anche le impronte del dottor Bonelli».

Proietti si sedette su una delle poltrone davanti alla scrivania, passandosi una mano tra i capelli. Poi borbottò tra sé: «È un casino. È un cazzo di casino».

«Un enorme casino.» Casabona tirò verso di sé la pila di fogli che gli aveva allungato Bellini e chiese: «Tutta questa carta che roba è?».

«È la stampa del contenuto del computer. Nelle prime pagine ci sono i messaggi che si scambiavano il dottor Bonelli e la sua assistente attraverso la chat di Messenger. Erano stati cancellati di recente, ma siamo riusciti a recuperarli. Leggili con calma. Sono molto interessanti. Ci vediamo dopo per decidere cosa fare» rispose Proietti. Poi si alzò e uscì insieme a Bellini.

35

Mauro Bonelli: Che fai?

Elvira Ducheschi: Ho tanta voglia di te. Forse è colpa tua, che stamattina mi hai detto quella cosa. Che eri passato in studio da solo e ti sarebbe piaciuto sdraiarmi sulla scrivania. E allora ho pensato a quanto doveva essere fresca e liscia e poi ho cercato di non pensarci più, ma non è stato facile.

Mauro Bonelli: Mi fai sentire in colpa così. Non è che sono troppo sfrontato con te?

Elvira Ducheschi: Lo sei tanto. Ma sai, ho superato quel periodo in cui mi faceva sentire un po' a disagio questo tuo lato diciamo birichino. Non ci ero abituata. Ma poi ho capito. Che è così che deve essere. E mi piace sempre di più.

Mauro Bonelli: Mi fa piacere quello che dici.

Elvira Ducheschi: L'altra volta è stato bellissimo. Quando mi hai abbracciato tanto, quando ho provato cose che non avevo mai provato prima. Non so perché.

Mauro Bonelli: Anche a me è capitata la stessa cosa. Non vedo l'ora che sia giovedì, per stare insieme come dovrebbe essere sempre.

Elvira Ducheschi: Questo dipende da te, lo sai. Io sono una donna libera.

Mauro Bonelli: Sì, hai ragione. Ma anche io soffro come te. Per me lei non esiste più. È solo la madre di mia figlia. Ormai è diventata completamente pazza. Mi ha chiesto qualcosa che l'aiutasse a rilassarsi. Dice che la notte non riesce a dormire. E grazie al cazzo, con tutta la cocaina che si pippa. Le ho prescritto del Lexotan.

Elvira Ducheschi: Il Lexotan con la cocaina? Ma sei matto? Così schiatta e se la prendono con te.

Mauro Bonelli: Ma schiattasse pure. Chi se ne frega. Le ho dato la dose massima. Così la notte dorme a piombo e non rompe i coglioni.

Elvira Ducheschi: Ah! Ah! Ah! Mi fai morire dal ridere.

Mauro Bonelli: Sai quante volte mi sono chiesto se è stato giusto sacrificare la mia felicità per realizzare la mia ambizione professionale? Sto pagando a caro prezzo la mia scelta. Oggi non lo rifarei.

Elvira Ducheschi: Puoi uscirne quando vuoi.

Mauro Bonelli: Ci sto provando. Ora devo salutarti. A dopo. Un bacio.

Elvira Ducheschi: Sono appena arrivata a casa. Su quel discorso che si faceva in macchina, pensavo: una cosa è se faccio sesso con te perché mi piaci, perché mi va e perché ci sto da dio e non voglio rinunciarci. Un'altra sarebbe se il giorno dopo, per esempio, facessi più o meno le stesse cose con qualcun altro. Vorrebbe dire svendere me stessa al primo che mi si para davanti. Non avrebbe senso. Perché ho raggiunto la perfezione il giorno prima, con te. Questo intendo. Amore.

Mauro Bonelli: Era esattamente quello che volevo dire io.

Elvira Ducheschi: Come siamo stati bene oggi. Mi ha stupito la tua accoglienza. Ma mi è anche piaciuta. Tanto.

Mauro Bonelli: Sei tu che sai stimolare le mie fantasie.

Mauro Bonelli: Avevo ritagliato il pomeriggio per te, per noi.

Elvira Ducheschi: Mi dispiace, ieri mi hai detto che non potevi.

Mauro Bonelli: Non ho detto che non potevo. Ho detto che non sapevo. Che avrei provato a organizzarmi.

Elvira Ducheschi: Ma io mi ero già organizzata per andare in palestra.

Mauro Bonelli: Ero incasinato.

Elvira Ducheschi: Non ci siamo capiti allora. Non fa niente.

Mauro Bonelli: Poi ho trovato il modo di organizzarmi. E ti ho scritto.

Elvira Ducheschi: L'ho visto dopo...

Mauro Bonelli: Ma tu non mi hai risposto.

Elvira Ducheschi: Lo so. Avevo le notifiche disattivate.

Mauro Bonelli: Ora sono qui, senza te, e tu sei lì senza me.

Elvira Ducheschi: Non dirmi così...

Mauro Bonelli: È la verità.

Elvira Ducheschi: Ti manco?

Mauro Bonelli: Molto.

Elvira Ducheschi: Potresti anche provare a risolvere la nostra situazione, allora.

Mauro Bonelli: Ci sto provando.

Elvira Ducheschi: Sono anni che ci stai provando. Vedi Mauro, io ormai ho metabolizzato questa cosa... che tu mi piaci sempre e comunque, a prescindere da cosa si fa e dove si va. Sono stata in posti meravigliosi con persone noiose e in posti sbiaditi ma con la persona giusta, e quella persona eri te. I posti sbiaditi erano un quadro perfetto... Non avevo bisogno di aggiungervi altro. C'eri te e bastavi te. Ti adoro in qualsiasi momento. Mi piace il tuo lato dolce e protettivo. Ma anche quello forte e un po' rude. Mi piaci quando mi ascolti e quando fai sempre quello che dici. Mi piaci quando riesci a farmi ridere anche se avrei voglia di picchiarti. E quando sento quella vocina che mi sussurra: se te lo dice lui vuol dire che va bene. Mi piaci quando sei stanco e preoccupato. Perché mi fai venire voglia di coccolarti e non chiederti niente. Mi piaci perché mi apprezzi anche in quei giorni... che vado fuori di testa. Quando mi parli delle tue paure e non ne hai paura. Mi piaci perché non mi fai mai sentire la tua assenza. Mai la tua mancanza. Mi piaci quando provi a proiettarti in un futuro insieme a me, e ti soffermi sui dettagli. Mi piaci da matti. Non lo so neanche io perché, ma ne sono certa. Ma il tempo passa e ogni giorno è un giorno perso se dobbiamo continuare sempre a nasconderci.

Mauro Bonelli: Ormai ci siamo. Io ho bisogno di uscire bene da questo inferno. Non voglio rinunciare a tutto quello che ho costruito finora. Lo studio dovrà restare mio. Dobbiamo agire con intelligenza e determinazione. Ieri ho trovato il cellulare che quella troia di mia moglie usava con il suo amante. Lo aveva buttato nel bidone della spazzatura. Ora lo tengo io e continuerò a inviare messaggi a quella bestia dominicana. Così, a futura memoria, semplicemente facendo un tabulato al telefono, si potrà dimostrare che era lei a essere ossessionata dagli uomini.

Elvira Ducheschi: E con la bambina come si fa?

Mauro Bonelli: Ci penseremo. Dobbiamo trovare una soluzione che sistemi entrambe le situazioni una volta per tutte. A questo punto, io sono determinato e disposto a tutto. Non ce la faccio più.

Elvira Ducheschi: A chi lo dici.

La lettura delle chat fu interrotta dall'entrata dell'ispettore Proietti.

«Tommaso, puoi venire un attimo in sala ascolto? De Marco e Ruocco hanno ricontrollato il filmato della telecamera della banca. C'è una cosa che devi assolutamente vedere.»

36

La sala d'ascolto della squadra mobile di Valdenza si trovava in un'area non aperta al pubblico. Nel corridoio opposto a quello dell'ingresso agli uffici. In quella stanza c'erano gli impianti che servivano per le intercettazioni telefoniche e il computer dove venivano esaminate ed elaborate le riprese video.

L'assistente Ruocco stava seduto davanti alla tastiera, pronto a isolare i fotogrammi d'interesse da stampare. Avevano chiamato Casabona perché era importante che vedesse l'intera sequenza registrata per comprendere ciò che era successo nella mattinata della scomparsa di Martina Bonelli.

Le immagini partirono sul monitor da 40 pollici mentre il sovrintendente De Marco, che era rimasto in piedi al fianco del commissario e dell'ispettore Proietti, si preparava a illustrarne i momenti salienti.

Ruocco fece un fermo immagine alle ore 6.02, cioè al passaggio di una Renault Clio nera che saliva in direzione di Vallegloria.

Lasciò andare il video per bloccarlo di nuovo alle 6.15, quando scendeva verso Valdenza la Fiat Punto rossa di Elena Fiano.

Acquisito il *frame*, il filmato andò avanti velocemente fino alle 6.45, quando ripassò la Fiat Punto rossa per risalire verso Valleglória.

Lo fecero proseguire ancora fino alle 7.16, fermandolo sull'immagine della stessa Renault Clio nera che era salita alle 6.02 e che ora scendeva verso Valdenza.

Il sovrintendente De Marco osservò compiaciuto il suo capo esclamando: «Mi sembra evidente, no?».

«Ti sembra evidente cosa? Se non mi dite di chi è l'auto nera non può essermi evidente nulla» rispose Casabona.

Ci pensò l'ispettore Proietti a chiarire le cose. «La Renault Clio nera è intestata a un noleggio auto di Firenze. Li abbiamo chiamati e ci siamo fatti inviare per posta elettronica le informazioni sul noleggio di quella notte. L'auto è stata ritirata la mattina del giorno precedente alla scomparsa di Martina e riconsegnata tre giorni dopo. L'operazione era stata prenotata *online* e pagata con una carta di credito.» Allungò al commissario alcuni fogli. «Questi sono i documenti che ci hanno inviato.»

Casabona li lesse con attenzione. Si trattava della fotocopia della carta d'identità di Elvira Ducheschi e della ricevuta di pagamento del noleggio, effettuato con una carta di credito intestata a Bonelli.

Ci pensò un po' su e provò a ricostruire gli eventi ricomponendo il puzzle. «Quindi la Clio nera l'hanno presa loro e poi l'hanno usata per raggiungere Valleglória alle 6.02 del mattino e andare via alle 7.16. Rimettendo insieme tutti i pezzi e considerando anche quello che si sono scritti in chat, potremmo immaginare che Mauro Bonelli e la sua amante Elvira Ducheschi avrebbero organizzato il rapimento di Martina Bonelli in modo che la colpa ricadesse sulla madre. Prima creando la falsa pista dell'SMS partito dal telefono di Walter Guzman, che sarebbe stata scoperta e attribuita alla sua responsabilità, visto che il dottore, ufficialmente, si trovava a Torino. Poi continuando a inviare messaggi a Guzman con il cellulare che la Fiano aveva buttato, così da renderla inattendibile ai nostri occhi. Infine, facendo passare due volte la sua Punto rossa sotto una telecamera che sicuramente noi avremmo controllato, prima di inviare il falso messaggio dal computer di casa alle sette e portare via la bambina. Il piano, se era questo, è diabolico, ma la ricostruzione sembra filare. Tu che dici, Fabio?»

«Eravamo arrivati anche noi alla stessa conclusione logica» rispose l'ispettore.

«Bene. La logica è una gran cosa. Non dimentichiamoci, però, che Elena Fiano si trova in carcere proprio sulla base di ragionamenti che ci erano sembrati assolutamente logici. Quindi ora non possiamo più permetterci errori. Nessuno farebbe più affidamento su di noi. Dobbiamo trovare tutti i riscontri possibili prima di mettere in moto altri casini. Per esempio: se la bambina è stata portata via con la Renault Clio nera, nell'auto potrebbero essere rimaste delle tracce biologiche. Fra l'altro abbiamo trovato del sangue nella sua stanza. Partiamo da lì. Andiamo a prendere l'auto a Firenze e facciamola esaminare a fondo dagli uomini di Rossi. Vediamo cosa viene fuori.»

«Perfetto. Ora telefono alla ditta e li avverto di non far uscire l'auto» disse Proietti.

«Ci andrò con De Marco e Ruocco a fare gli accertamenti sulla Renault Clio a Firenze. Tu, invece, devi andare a parlare con le tue fonti e cercare di localizzare lo chalet dove s'incontrano Mauro Bonelli ed Elvira Ducheschi. Se non l'hanno già ammazzata, la bambina potrebbero averla nascosta lì.»

«Va bene. Dopo preparo la richiesta per un decreto di perquisizione?» chiese l'ispettore.

«Niente decreto di perquisizione, per il momento. Andremo intanto a dare un'occhiata informale. Prima di mettere in allarme la procura, dobbiamo avere in mano tutte le carte per chiudere definitivamente la partita.»

37

La Renault Clio nera si trovava nel piazzale della società di autonoleggio a Firenze Rifredi e ci sarebbe rimasta fino a nuovo ordine della polizia giudiziaria. Bisognava solo convincere il dottor Bruno Rossi e il suo team di esperti a fare il loro lavoro. Senza preavviso e senza un provvedimento del magistrato. Una vera e propria missione impossibile, ma non c'erano altre strade.

Casabona decise che era una questione che non poteva essere risolta con la solita telefonata. La sede del gabinetto regionale di polizia scientifica si trovava in piazza dell'Indipendenza, a pochi chilometri da Rifredi. Valeva la pena andarci di persona.

Un giorno fortunato si riconosce anche dalle coincidenze spazio-temporali. Il commissario arrivò davanti al portone dell'antico palazzo della Scientifica proprio mentre Rossi stava uscendo insieme ai suoi uomini per fare un sopralluogo a Grosseto. Un semaforo rosso in più e non l'avrebbe trovato. Quello era decisamente un giorno fortunato.

«Tommaso, carissimo, che ci fai a Firenze? Ti hanno già trasferito? Se è così, ti è andata bene. Pensavo che ti avrebbero mandato in Sardegna.»

Casabona non rise e non si lasciò trascinare nel solito scambio di battute caustiche che piacevano tanto al collega. «Ho bisogno di una mano, Bruno. Al telefono mi hai detto che potevo contare su di te.»

Rossi si fermò sul marciapiede, mentre gli altri si avviarono verso l'auto parcheggiata di fronte, riponendo nel bagagliaio i borsoni con le attrezzature.

«Dimmi tutto. Cosa posso fare per te?» gli chiese tornando serio.

«Stiamo lavorando su una nuova pista. Sembra buona. Abbiamo solo bisogno di alcuni riscontri. C'è un'auto parcheggiata nel piazzale di una ditta di autonoleggio a Rifredi: dovresti esaminarla per vedere se ci sono tracce biologiche attribuibili a Martina Bonelli.»

Rossi ci pensò un attimo prima di accogliere la richiesta d'aiuto. «Va bene, Tommaso. Mandami la delega del pubblico ministero e vedo di trovare uno spazio questa settimana.»

«Questo è quello che faresti normalmente. Ma che aiuto è? Io ho bisogno di farlo *ora* questo accertamento.»

«Ora? Sei matto? Mi aspettano a Grosseto. C'è stata una rapina a un furgone portavalori. È morta anche una guardia giurata.»

«Quando c'è stata questa rapina? Io non ho sentito nulla. I mezzi sono ancora in strada?»

«No, la rapina risale a due giorni fa, ma devo andare a esaminare il furgone dove erano custoditi i soldi.»

«Se ha aspettato due giorni può aspettarne anche tre.»

«Ho già preso impegni, Tommaso. C'è il tuo collega della Mobile di Grosseto che mi sta aspettando.»

Casabona gli appoggiò entrambe le mani sulle spalle. «Bruno, guardami... se non sistemo questa cosa oggi, sono finito.

Il procuratore non vede l'ora di massacrarmi dopo che gli ho fatto saltare l'accordo con i carabinieri. A Roma la stessa cosa, visto come ho accolto i loro cani molecolari. Sono fottuto, lo capisci? Se sei veramente un amico, questo è il momento di dimostrarlo.»

Rossi rimase in silenzio per qualche secondo, poi si rivolse ai suoi uomini che lo aspettavano vicino all'auto: «Ragazzi, c'è un cambio di programma. Niente bistecca in Maremma oggi. Si va a Rifredi». Si girò verso il collega: «Dammi solo il tempo di fare una telefonata. Avviso Grosseto che non andiamo e poi vi seguiamo».

Casabona aspettò la fine della chiamata per somministrargli l'ultimo pezzo di pillola da buttar giù.

«Grazie, ti sono veramente grato. Un'ultima cosa: non ho ancora la delega del pubblico ministero. Se troviamo qualcosa di utile nell'auto me la faccio preparare subito.»

Bruno Rossi gli lanciò un'occhiata di fuoco, come a insinuare: "Hai aspettato che annullassi l'altro appuntamento prima di dirmelo, pezzo di merda". Ma fu solo un attimo. «Va bene, via. Tanto ormai ho disdetto. Andiamo che mi hai fatto incuriosire.»

Impiegarono quindici minuti per raggiungere il piazzale dell'autonoleggio, e altri quindici per prepararsi al lavoro. Il protocollo doveva essere rispettato. Bruno si era speso tanto per ottenere la certificazione di qualità delle procedure e non intendeva metterla a rischio per una fretta che, a quel punto, non aveva giustificazione.

Tutti avevano ben presente che si trattava di un'auto usata da centinaia di persone diverse. Al suo interno c'era la stessa quantità di tracce biologiche che si possono trovare in un club privé dopo un sabato sera affollato. Ma quello era un giorno fortunato e così il dottor Bruno Rossi si accorse della presenza di piccole tracce di sangue appena aperto il bagagliaio. E quello non era per nulla un fatto scontato. Lo sarebbe stato di più trovare il collarino di un abito talare nel club privé di cui sopra.

Rossi fece avvicinare Casabona per mostrargli ciò che aveva scoperto, dopo avergli fatto inforcare i soliti occhiali colorati.

«È sangue umano?» chiese il commissario.

«Questo lo sapremo a breve, ora faremo una verifica con un reagente.»

«Ma potrebbe essere di Martina Bonelli?»

«Potremo dirlo dopo che avremo saputo se si tratta di sangue umano e, nel caso, dopo che il laboratorio di genetica forense di Roma avrà fatto la comparazione con il DNA della bambina» sbuffò Rossi. Poi aggiunse alzando lo sguardo al cielo: «Santa pazienza aiutami tu».

Gli fece vedere anche alcuni sottili filamenti color oro che aveva chiuso in una bustina di nylon trasparente. Anch'essi erano stati rinvenuti nel bagagliaio della Renault Clio.

«Sembrano capelli biondi. Come quelli della bambina» sentenziò Casabona.

«Mmm... non ne sarei così sicuro, sai? Mi sembra roba sintetica. Capelli sì, ma di una bambola o di una parrucca. Comunque li controlleremo al microscopio.»

Rossi si rimise al lavoro e Casabona tornò a osservare da lontano per non essere d'intralcio.

Il sovrintendente De Marco e l'assistente Ruocco, che erano con lui, ne approfittarono per tentare di ottenere il riconoscimento di Elvira Ducheschi da parte dell'addetto che le aveva consegnato materialmente l'auto e che poi l'aveva ritirata. Gli mostrarono una sua foto, ma non ne ricavarono ciò che speravano. L'uomo, un pachistano che viveva da anni in Italia, disse che l'unica cosa che si ricordava era che la signora, per via del freddo di quei giorni, aveva un grosso cappello di lana e portava una sciarpa che le copriva parte del viso. Oltre a indossare degli occhiali da sole scuri. Si era giustificata dicendo che stava uscendo da una brutta influenza e non si era ancora ripresa del tutto.

Dopo qualche minuto il commissario si avvicinò di nuovo al collega, che stavolta non gli lasciò nemmeno il tempo di parlare.

«Allora, Tommaso, si tratta di sangue umano. Prima che cominci a rompere i coglioni ti dico che, per velocizzare la comparazione, adesso andiamo a fare l'estrazione del profilo al laboratorio di Careggi che è qui vicino. Poi lo invieremo a Roma via mail. Così, nel giro di qualche ora, sapremo il risultato. Tu, però, mi fai la cortesia di tornartene a Valdenza, altrimenti non riesco più a lavorare. Ti chiamerò io appena saprò l'esito. Per una volta in vita tua: fidati!»

L'invito era fin troppo chiaro e non poteva che essere accettato.

38

Il dottor Bruno Rossi fu di parola. In tarda serata chiamò Casabona per dirgli che le tracce di sangue trovate nel bagagliaio della Clio erano compatibili con il profilo del DNA di Martina Bonelli, e che i filamenti color oro erano capelli di una parrucca sintetica. Un vero e proprio miracolo di velocità ed efficienza. A dimostrazione che il team di Rossi, quando voleva, sapeva operare ai massimi livelli.

Appena avuta la conferma, il commissario riuscì a convincere il dottor Boccuso ad affidargli una delega a cose già fatte, in modo da fornire una copertura formale a tutta l'attività compiuta. Non fu un'impresa facile e nemmeno regolare. Contò molto la stima che si era guadagnato nei tanti anni che avevano lavorato insieme. Si fece firmare anche un decreto di perquisizione per lo chalet dove erano soliti incontrarsi Bonelli e la Ducheschi. L'indirizzo lo aveva recuperato l'ispettore Proietti grazie alle sue fonti confidenziali.

Così, alle sette del mattino successivo, Casabona, Proietti, Bini, De Marco e Ruocco si avviarono verso le colline sopra Valdenza, in direzione della località Sanguinetti. Era lì che si trovava il fabbricato, a pochi chilometri dalla frazione di Valleglioria.

La mattinata era fredda e velata di foschia. Durante la notte si era formato del ghiaccio per strada e bisognava stare molto attenti nelle curve.

Per accedere allo chalet si doveva fare qualche decina di metri a piedi, percorrendo un sentiero nel bosco di querce, castagni e faggi. Ai bordi della strada provinciale, in una rientranza nascosta alla vista degli automobilisti in transito, c'era un piccolo parcheggio dove si potevano lasciare le auto. Quando arrivò Casabona con i suoi uomini vi erano già quelle dei due amanti. Il giorno prima era stato giovedì. Evidentemente i due erano tra quelli che pensavano che le buone abitudini dovessero essere mantenute a qualsiasi costo. Anche con una moglie in galera e una figlia probabilmente morta.

Il gruppo si avvicinò allo chalet con cautela, seguendo le tecniche previste per quel tipo di operazione. Era buona regola non dare mai nulla per scontato quando si doveva effettuare un'irruzione. Bisognava considerare ogni possibile sviluppo, partendo sempre da quello più pericoloso. La sufficienza di chi pensa di saper prevedere le cose in base all'esperienza ha prodotto molti lutti. Casabona aveva ben presente l'insidia nascosta nella personalità di ogni poliziotto esperto e perciò pretendeva l'applicazione del protocollo operativo anche se fossero dovuti entrare nella casa di Pippo e Topolino.

L'assistente Ruocco rimase in copertura con l'arma lunga, la mitraglietta M12, pronto a rispondere a eventuali minacce dalle finestre della casetta. Il sovrintendente Bini e l'ispettore Proietti si posizionarono sul retro per bloccare un'eventuale fuga. Al sovrintendente De Marco, invece, spettò il compito di fare irruzione dalla porta.

Non ci furono intoppi. I due amanti furono sorpresi nel sonno. Quando si ripresero dal brusco risveglio, Bonelli chiese più volte spiegazioni, prima di passare alle classiche minacce basate sulla conoscenza diretta di persone influenti. Infine si acquietò.

Lo chalet era molto piccolo. Appena entrati si accedeva a una sala da pranzo con un cucinino, a seguire c'erano un bagno, un ripostiglio e la camera da letto. Tutto qui. La perquisizione fu rapida e non venne rinvenuto nulla di particolare.

Bini e Proietti erano rimasti a perlustrare la boscaglia intorno all'edificio. Fu lì che trovarono l'ultimo tassello che consentì di stringere le manette ai polsi del dottore e della sua assistente.

Alle spalle dello chalet c'erano una legnaia e un barbecue di pietra. Confusa tra la brace di vecchie grigliate tra amici, scorsero quel poco che rimaneva di una parrucca bionda bruciacchiata. I filamenti sintetici erano identici a quelli trovati nel bagagliaio della Clio nera a Firenze.

L'ispettore Proietti chiamò Casabona per mostrargliela. «Secondo te cosa ci hanno fatto con questa?» chiese.

Il commissario rispose a tono: «Cos'è un quiz? Vuoi vedere se mi sono rincoglionito del tutto? La parrucca è stata utilizzata dalla signora Elvira Ducheschi, che ha i capelli cortissimi, per sembrare Elena Fiano quando passava con la sua Fiat Punto rossa sotto la telecamera della banca. Ho vinto qualcosa?».

Visto che in quel momento erano da soli, Proietti si lasciò andare a un commento stizzito: «Tommaso, ma come cazzo fai a essere così acido già a quest'ora di mattina? Cosa mangi a colazione?».

Casabona gli regalò un mezzo sorriso, poi si oscurò. «La bambina non c'è.»

Proietti si fece improvvisamente serio. «Pensi che l'abbiano sepolta qui?»

«Tu cosa avresti fatto al loro posto?»

«Se hanno nascosto il suo corpo in questi boschi, rischiamo di non recuperarlo mai. Senza considerare tutti gli animali che avrebbero già potuto trovarlo e dissotterrarlo.»

Casabona chiuse l'argomento. «Se non ce lo diranno loro, proveremo con i cani molecolari. Di più non si può fare. Ora facciamo rivestire i piccioncini e portiamoli in questura. In fondo hanno fatto bene a concedersi quest'ultima notte. Per un bel po' di anni dovranno accontentarsi d'altro. Mi raccomando, di' ai ragazzi di tenerli separati. Non devono assolutamente comunicare tra loro, nemmeno a gesti.»

39

Il dottor Mauro Bonelli e la signora Elvira Ducheschi furono fatti accomodare in due stanze diverse. Non dovevano avere la possibilità di concordare una versione, nel caso non l'avessero già fatto prima.

In linea teorica si sarebbe dovuto aspettare l'arrivo dei difensori prima di fare domande ai due fermati. Avevano assunto lo status di indagati, quindi era loro diritto restare in silenzio in attesa dei rispettivi avvocati. Però l'occasione era troppo ghiotta per lasciarsela sfuggire. Certo, non sarebbe servito a nulla farsi raccontare come erano andati i fatti, perché le dichiarazioni rese in quelle condizioni non erano utilizzabili in un futuro processo, ma agli investigatori interessava solo sapere dov'era nascosto il corpo di Martina Bonelli. Poteva bastare, in quel momento: si trattava di un dato che, una volta acquisito e verificato, non si sarebbe più potuto mettere in discussione. La posta in gioco era altissima. La telefonata agli avvocati e al pubblico ministero Boccuso poteva aspettare.

L'interrogatorio di due persone che hanno commesso un reato insieme ha sempre buone possibilità di riuscita, Casabona lo sapeva bene. A meno che non si abbia a che fare con criminali incalliti, ma non era questo il caso. Per quanto ci si possa mettere d'accordo su cosa dire, scavando nei dettagli, prima o poi emergono le contraddizioni. Influisce anche la particolare situazione psicologica nella quale si vengono a trovare i sospettati. Ognuno non sa cosa stia dicendo l'altro. Questo fa nascere il timore di vedersi attribuite tutte le responsabilità dal complice, nell'estremo tentativo di salvarsi. Come il rocciatore che, per non precipitare insieme a lui, taglia la corda del compagno di scalata che ha perso la presa. Ovviamente un buon investigatore sa come insinuare questo dubbio e farlo crescere sempre più, soprattutto nella mente del soggetto più debole.

Tra i due, era Elvira Ducheschi quella che sembrava avere un equilibrio più precario. Non perché fosse donna. Anzi, spesso le donne sanno essere più lucide e determinate degli uomini. Era un fatto di carattere. Il dottor Mauro Bonelli era un uomo abituato a mentire. Lo aveva dimostrato sin dal primo momento. Sapeva controllare le emozioni per metterle al servizio dei propri interessi. Era stata proprio questa caratteristica, unita alla sua ambizione, a consentirgli di arrivare al successo e alla ricchezza. Elvira, invece, era una donna giovane con un'intera vita davanti da salvare. Aveva provato a fare il colpo grosso cercando di legare a sé l'uomo ricco e piacente per cui lavorava, o forse se ne era innamorata davvero. Ma questo non aveva importanza in quel momento. Ciò che contava era che appariva smarrita e spaventata. Poteva bastare per puntare su di lei quella scommessa che valeva la pena di giocare.

Casabona e Proietti l'avevano capito subito. Perciò lei era seduta sulla comoda poltrona davanti alla scrivania del commissario, mentre Bonelli stava nella sala interrogatori. Le era stato riservato un trattamento di favore, affinché capisse che erano disponibili ad aiutarla in cambio di una sua collaborazione.

Casabona cercò di metterla a proprio agio, avviandosi a interpretare il ruolo di poliziotto buono che gli competeva. Non perché gli piacesse particolarmente, anzi, in molte occasioni avrebbe preferito essere quello cattivo. Il fatto è che il capo è obbligato a recitare quella parte perché è colui che deve salvare il sospettato. L'offerta d'aiuto, per essere credibile, deve provenire da una persona che abbia il potere di realizzarla, in cima alla scala gerarchica in quel momento.

«Come si sente? Ha bisogno di qualcosa? Un caffè, un bicchiere d'acqua?»

La donna si era quasi rannicchiata sulla poltrona. Portava addosso tutto ciò che rimaneva della notte di passione appena passata con il suo amante. Un abito corto nero, molto avvitato, che lasciava intravedere la fascia in pizzo delle calze autoreggenti, scarpe décolleté con tacco 12, e il volto reso ancora più stanco dal trucco sfatto che non aveva avuto il tempo di ritoccare.

«Sì, magari un caffè, se non le è di disturbo» rispose Elvira con un filo di voce.

Casabona diede indicazioni al telefono per farsi portare due caffè. Poi continuò: «Elvira, non voglio nasconderle che la situazione è molto seria. Lei e il dottor Bonelli siete accusati di omicidio e occultamento di cadavere. Abbiamo raccolto numerose prove che possono dimostrarlo. Però deve anche sapere che un suo atteggiamento collaborativo potrebbe aiutarla molto. La invito a considerare attentamente il fatto che ciò che dirà o non dirà oggi si trasformerà in futuro in anni di carcere in più o in meno da scontare. Se ci aiuta, aiuta anche se stessa e guadagnerà anni di libertà. Anni, Elvira. Ogni anno è fatto di 365 giorni che lei, in questo momento, può decidere se passare dietro le sbarre oppure libera di fare ciò che vuole.»

«Ma come posso aiutarvi? Io non ho ancora capito perché ci avete portati qui. Omicidio? Ma di chi? Chi avremmo ucciso?»

«Questo non è il modo giusto per iniziare. Ho appena finito di dirle che abbiamo acquisito prove incontrovertibili. Mi creda, non le conviene continuare così. Non voglio che mi racconti tutto, se non se la sente in questo momento. Mi dica solo dove avete nascosto il corpo di Martina Bonelli.»

«Il corpo di Martina? La figlia di Mauro? Ma state scherzando? Noi non c'entriamo nulla.»

«Voi non c'entrate nulla o *lei* non c'entra nulla?»

«Io, di sicuro, non c'entro nulla.»

La crepa era stata creata. Piccolissima, per il momento, ma serviva a separare le due posizioni. Ognuno pensa per sé e si salvi chi può.

In quel momento nella stanza si affacciò Proietti. Casabona si alzò e lo raggiunse, chiudendo la porta dell'ufficio in modo da lasciare sola Elvira Ducheschi.

Rientrò dopo qualche minuto portando con sé i due caffè che, nel frattempo, erano arrivati dal bar. Tornò a sedersi dietro alla scrivania e porse il bicchierino bianco alla donna che era rimasta seduta ad aspettare.

«Allora, Elvira? Ha riflettuto bene su quello che le ho detto? Sono stato a parlare con il dottor Bonelli. Lo sta interrogando il mio vice. Mi sembra più disponibile di lei. A proposito, per completezza, è bene che lei sappia che una sua collaborazione potrà essere considerata favorevolmente dal giudice solo se non è tardiva. Nel senso che non le servirà a nulla dirci dove si trova il corpo della bambina dopo che lo avremo già trovato. Grazie alle indicazioni del dottor Bonelli, per esempio. Insomma, chi arriva prima prende lo sconto di pena. L'altro paga tutto. È bene che lo sappia.»

Altro colpo per allargare la crepa e infondere ansia.

«Commissario, mi creda, io non ne so nulla. Se Mauro è in grado di dirvi dov'è la bambina è perché ce l'ha messa lui. Io voglio collaborare, ma non so cosa dirvi. La prego, mi aiuti.»

Si lasciò andare a una crisi di pianto, che segnò il punto massimo oltre cui non ci si poteva spingere senza rischiare di compromettere il futuro processo per questioni procedurali. Inoltre, c'era da considerare che i difensori avrebbero potuto far passare quello sfogo, dovuto al forte stress, per un'acuta sofferenza psichica provocata dalla polizia al fine di ottenere informazioni in modo illegittimo. Con la nuova legge, approvata da poco, significava esporsi al rischio di una denuncia per il reato di tortura.

Nel frattempo anche il dottor Bonelli era rimasto sulle sue e continuava a chiedere di parlare con un avvocato. Non c'era altro da fare, bisognava prendere atto del fatto che il tentativo della soluzione immediata era fallito.

A quel punto Casabona si affrettò ad avvisare Boccuso e i difensori degli indagati.

Arrivarono tutti e tre dopo una mezz'ora, ma la seduta durò poco. Il dottor Bonelli ed Elvira Ducheschi scelsero, come avvocati di fiducia, due fra i più validi penalisti di Valdenza, i quali, prima di decidere una strategia difensiva, volevano avere la possibilità di studiare il fascicolo processuale, per capire bene quali carte aveva in mano l'accusa. Perciò consigliarono ai loro assistiti di avvalersi della facoltà di non rispondere. In tal modo svanì ogni speranza di ottenere indicazioni utili per il ritrovamento del corpo della bambina scomparsa.

Nella stessa mattinata, fu trasmesso al carcere di Firenze l'ordine di liberare immediatamente Elena Fiano. Mentre una entrava, l'altra usciva dalla sezione femminile del carcere. Per poco non si incontrarono.

Elena trovò ad attenderla uno stuolo di giornalisti armati di registratori, microfoni e telecamere. Rilasciò solo una dichiarazione, prima di infilarsi nella macchina del suo avvocato e andare via. «Ho passato giorni terribili qui dentro, che non auguro a nessuno. Soprattutto perché mi è stata tolta la possibilità di continuare a cercare mia figlia. Sono molto provata, ma non nutro rabbia né rancore nei confronti della polizia e della magistratura. Se hanno sbagliato lo hanno fatto nella convinzione di fare il loro dovere. Non sono interessata a fare polemica, voglio solo che ritrovino la mia bambina. Viva o morta che sia. Faccio appello anche al padre di Martina e alla sua nuova compagna affinché dicano quello che sanno.»

40

All'indomani dell'arresto di quelli che ormai i media definivano gli "amanti diabolici", Elena Fiano fu ospite di varie trasmissioni televisive. Mantenne sempre la stessa strategia comunicativa di basso profilo. Senza manifestare eccessivo astio nei confronti delle forze dell'ordine. Non voleva creare fratture con chi stava ancora investendo tante risorse per trovare sua figlia. Del resto, se era vero che gli investigatori della squadra mobile di Valdenza l'avevano rinchiusa in cella da innocente, era anche vero che gli stessi investigatori si erano impegnati a fondo per farla uscire.

Invece, visto quello che era successo, il procuratore preferì evitare un'altra conferenza stampa. Poteva venire a crearsi una situazione molto imbarazzante e non voleva correre questo rischio. Ci si limitò alla diffusione di un laconico comunicato di poche righe via mail.

Dopo qualche giorno si tennero anche gli interrogatori di garanzia in carcere. Questa volta Mauro Bonelli ed Elvira Ducheschi risposero alle domande del giudice per le indagini preliminari, dichiarandosi innocenti. Confermarono di aver passato la notte insieme nello chalet, il giorno della scomparsa di Martina, ma negarono ogni responsabilità nel rapimento. Dissero di non sapere dove potesse essere la bambina. Solo

Bonelli ammise di aver trovato il cellulare che la moglie aveva buttato nella spazzatura e di averlo tenuto per continuare a inviare messaggi a Walter Guzman. Spiegò che si era innamorato follemente della sua assistente e voleva lasciare Elena. Per non vedersi addebitata la separazione e perdere l'affidamento della figlia, aveva pensato di contestarle la relazione clandestina con l'italo-dominicano. Perciò aveva cercato di alimentarla il più possibile, anche con falsi messaggi.

Le ricerche per ritrovare il corpo della bambina si focalizzarono in località Sanguinetti, nell'area intorno allo chalet. La zona era fuori dal perimetro individuato dal piano di ricerca messo a punto dalla prefettura, quindi non era stata ancora esplorata. Per una giornata intera fu ispezionato il bosco circostante, palmo a palmo. Anche con l'impiego dei cani molecolari e del georadar, che tornarono da Roma. Ci fu un solo momento che diede speranza agli investigatori: quando fu ritrovata, poco lontana dalla casa, una scarpina rosa. Fu mostrata a Elena Fiano che la riconobbe subito, prima di lasciarsi andare a un pianto inconsolabile. Apparteneva a Martina. Su questo erano d'accordo anche Neo e Tyrion, i due bloodhound. Ma, a parte quel rinvenimento, non emerse nient'altro di utile. Forse la scarpa era semplicemente caduta lì prima che la bambina fosse portata in macchina da qualche altra parte. Ma dove? Questo spiegava perché i cani non riuscivano a trovare altre tracce nei dintorni.

Man mano che il tempo passava ci si arrendeva all'idea che il corpo non sarebbe mai stato trovato. Martina sembrava essersi persa davvero nella terra di mezzo. In quel luogo che non è più esistenza ma non è ancora morte, in compagnia di tante altre persone che non sono più tornate.

Anche la sua mamma, ormai, aveva perso la speranza. Si stava organizzando per lasciare l'Italia. Per allontanarsi da quei luoghi che per lei erano solo spunto di dolorosi ricordi. Aveva dato inizio alle pratiche per il divorzio e messo in vendita l'ambulatorio medico ereditato dal padre e la casa di Valleglori. Si faceva vedere sempre meno in giro. Come se avesse deciso di dimenticare ed essere dimenticata. Per sempre.

CHI SALVERÀ LA PICCOLA MARTINA?

Ingannare chi inganna è un piacere doppio.

Jean de La Fontaine

41

Appena la vide entrare, Martina le corse incontro. Lei si abbassò sulle gambe e aprì le braccia per accoglierla.

«Amore, vieni qui, fatti abbracciare.»

La strinse forte a sé e le appiccicò due baci di rossetto sulle guance.

«Mamma, ma perché non ci sei mai in questa nuova casa? Mi lasci sempre da sola con Roxana» le chiese la bambina.

«Hai ragione, amore mio. Devi avere ancora un po' di pazienza. Devo sistemare delle cose e poi ce ne andremo a vivere in un'altra casa e staremo sempre insieme. Dalla mattina alla sera, te lo prometto.»

«Non torneremo più nella nostra casa?»

«No. Quella, mamma la sta vendendo. Ne compreremo un'altra, molto più bella, in un altro paese. Fuori dall'Italia. Così imparerai a parlare altre lingue.»

«Ma verrà anche il babbo con noi?»

Elena Fiano assunse un'aria severa, quasi distaccata. «No, il babbo non vuole più stare con noi. Ma non ti preoccupare, perché ci sarò sempre io con te.»

Martina strinse gli occhi come se volesse piangere. «Ma te lo ha detto lui?» insisté.

«Lo scriveva sul computer mentre parlava con la sua nuova

fidanzata. Diceva che voleva andare a vivere con lei e che ci avrebbe fatto del male, se noi glielo avessimo impedito. Ma ci ha pensato la tua mamma a sistemare le cose. Ora non ci potranno fare più nulla.»

La bambina si rasserenò. Mentre toglieva dalla confezione una Barbie che le aveva portato la mamma, si toccò il braccio dove aveva un cerotto.

«Ti fa ancora male?»

«Un pochino. Ma solo se lo tocco.»

«Vedrai che tra poco non sentirai più nulla. Ho dovuto farti la puntura perché il dottore aveva bisogno di un po' del tuo sangue per trovare la medicina che ti facesse passare la tosse.»

Nella casa c'era un bel tepore. Il camino era acceso già da un po'. Martina ormai non ascoltava più, tutta presa dalla sua nuova bambola.

Elena si tolse il cappotto e andò a cercare qualcosa nel comò della camera da letto.

Tornò dopo qualche minuto con una busta di plastica in mano. Dentro c'erano alcuni oggetti apparentemente insignificanti. Una cartina della zona collinare di Valdenza, dove erano segnate le due strade che portavano da Vallegloria a Sanguinetti. Su una di queste era stata evidenziata la banca dove si trovava la telecamera che aveva ripreso alcuni dei suoi passaggi la notte in cui aveva portato via Martina. Poi c'era lo scontrino d'acquisto di una parrucca e la ricevuta di consegna di una Renault Clio presso un autonoleggio di Firenze. La fotocopia della carta d'identità di Elvira Ducheschi, che lei stessa aveva fatto, un giorno in cui era andata a trovare il marito in ambulatorio, prendendo l'originale dalla borsa che la ragazza aveva lasciato nello spogliatoio. Un foglio con appuntati i codici della carta di credito intestata al marito e la password del suo computer. Per un attimo rise, pensando a come era stato facile scoprirla. Erano bastati tre tentativi.

Gettò l'intero contenuto della busta nel fuoco. Poi chiamò Roxana, la ragazza moldava che faceva da babysitter a Martina.

«Io devo andare via. Ricordati i patti. La bambina non deve mai uscire da questa casa e non devi parlare di lei con nessuno. Altrimenti niente soldi.»

Roxana annuì.

Mentre la madre stava per andarsene, Martina la chiamò. «Mamma, mi fai quel giochino che mi piace tanto. Dài... ti prego.»

«Una volta sola, però. Va bene?»

«Va bene, una volta sola.»

Si sedette sul divano, prese la bambina a cavalcioni sulle ginocchia e iniziò a mimare il movimento di un cavallo, mentre le cantava una filastrocca inventata da lei.

Una bambina si perse nella selva
L'uomo cattivo fu ucciso come una belva
La povera mamma piangeva in cella
Il babbo si divertiva con la sua bella
Chi salverà la piccola Martina?
Ci penserà la sua mammina.

Dopo qualche minuto, Elena Fiano si chiuse la porta alle spalle, scese in strada e si avviò verso la Fiat Tipo rossa che aveva parcheggiato dall'altro lato. Era distratta. Solo all'ultimo momento si accorse che vicino allo sportello del lato di guida era appoggiato Casabona, che fumava un mezzo toscano.

La Fiano rimase pietrificata. Aprì la bocca ma non riuscì a dire nulla. Ci pensò il commissario a rompere il ghiaccio.

«Eppure si dice che le donne ne sappiano una più del diavolo. Ma se fosse vero dovreste anche sapere che è lo stesso diavolo a fare le pentole senza pensare ai coperchi.»

Lei cercò di darsi un tono. «Buongiorno commissario, che fa? Mi sta seguendo? Allora è diventata proprio una fissa la sua. Non è che si è innamorato di me? Non ho capito nulla di quello che mi ha detto.»

«Per carità. Fanno una brutta fine quelli che si innamorano di lei. Dicevo che aveva pensato a tutto, cominciando dal finto SMS di Walter Guzman che doveva portarci a indagare in casa sua e a trovare le prove contro suo marito e la sua amante che lei aveva predisposto. Ma non ha considerato l'imprevisto. E cioè che anche nella strada che ha percorso quella notte, per scendere a prendere la Clio nera nel parcheggio e riportarla al suo posto alla fine della messinscena, c'era una telecamera. Lei non poteva saperlo, perché ce l'aveva messa il giorno prima la polizia provinciale per cercare di identificare dei cacciatori di frodo che andavano a Sanguinetti a sparare ai caprioli. Così come non poteva sapere che nella mia squadra lavorano due psicopatici affetti da turbe maniacali, che rispondono al nome di De Marco e Ruocco, che proprio non riescono a lasciare incompiuto un lavoro. Quindi, siccome avevo ordinato loro di controllare tutte le telecamere della zona, non si sono fermati nemmeno quando abbiamo arrestato suo marito e la sua assistente. Hanno continuato finché non hanno finito di esaminare tutti i filmati acquisiti. E così si è scoperto che lei quella notte aveva giocato a fare avanti e indietro con le due macchine, passando sotto la telecamera della banca solo quando le conveniva, per sostenere il suo piano diabolico. E non poteva sapere nemmeno che sotto la sua auto c'è ancora il GPS che montammo all'inizio dell'indagine. Ci è bastato solo riattivarlo e aspettare. Questa volta volevamo essere sicuri di trovare la bambina.»

Elena Fiano si guardò intorno e si rese conto che ai bordi della strada c'erano l'ispettore Proietti, l'ispettrice Del Gaudio, i sovrintendenti Bini e De Marco e l'assistente Ruocco.

Casabona si accorse del suo sguardo. «Che fa signora? Non mi dica che vuole provare a scappare. Non le si addice, vestita com'è. E poi, con quei tacchi non arriverebbe molto lontano.»

La donna tacque. Aveva perso in un colpo tutta la sua sicurezza.

«La bambina è lì?» chiese Casabona.

«Sì. Non la spaventate, vi prego. Ne ha già passate tante» rispose rassegnata.

Il commissario fece un cenno all'ispettrice Del Gaudio, che si avviò verso il portone. Era la responsabile della sezione reati contro la persona, in danno di minori e reati sessuali. Sapeva bene come comportarsi con Martina, per non traumatizzarla ulteriormente.

La mamma, invece, fu fatta salire in auto con Proietti e Bini, e portata via.

LE VITE PARALLELE

Certo ci fu qualche tempesta
anni d'amore alla follia.
Mille volte tu dicesti basta
mille volte io me ne andai via.

Jacques Brel, *La canzone dei vecchi amanti*

42

Casabona riuscì a concludere le formalità del fermo di Elena Fiano in tempo per andare a prendere Francesca, che veniva dimessa dall'ospedale.

Entrò nella stanza e trovò entrambi i letti vuoti. C'era solo l'uomo delle passeggiate immaginarie che stava svuotando l'armadietto della moglie e riponendo le sue cose in un borsone. Aveva gli occhi lucidi. Quando si accorse della presenza del commissario riuscì solo a dirgli: «La mia Rossana non ce l'ha fatta».

«Mi dispiace molto» rispose Casabona.

«Forse è meglio così. Stava soffrendo troppo. Ultimamente non riusciva più a muoversi.» Si asciugò gli occhi con un fazzoletto di stoffa bianco che teneva in tasca. «Comunque la sua signora è dai medici per firmare le dimissioni. Vedrà che tornerà subito.»

Casabona stava uscendo per raggiungere Francesca, quando l'altro continuò: «Commissario... mi scusi se mi permetto...».

«Mi dica pure...»

«Non perdetevi mai di vista.»

«Scusi, non capisco.»

«Non perché voglio farmi gli affari suoi, per carità. Ma sa?

Stando qui tutto il giorno ho capito che in questo periodo le cose tra lei e sua moglie non vanno proprio bene.»

Casabona si limitò a guardarlo, sperando che l'espressione sul proprio volto non fosse negazione ma nemmeno conferma.

L'uomo continuò: «Oggi la mia compagna di una vita se ne è andata. In passato, molti ci chiedevano qual era il nostro segreto per restare così uniti. Ma non era vero che fossimo tanto uniti. Ci siamo allontanati spesso. A volte sono stato io a prendere direzioni diverse; altre volte lo ha fatto lei, ma non abbiamo mai raggiunto una distanza tale da non sapere più dove si trovasse l'altro. Così, quando ne avevamo abbastanza, sapevamo sempre dove incontrarci per ricominciare. Smarrirsi è normale, fa parte della vita. Tutti si perdono almeno una volta. Ma sono pochi quelli che sanno ritrovarsi. Se ci riescono è perché, anche da lontano, non si sono mai persi di vista. Mi scusi se mi sono permesso, ma ho visto che lei tiene molto a sua moglie e so che pure Francesca la ama, anche se in questo periodo si è allontanata un po'.»

Casabona si chiese cosa avrebbe potuto aggiungere a quelle parole. Gli scorsero nella mente i volti di Elena Fiano, Walter Guzman, Mauro Bonelli ed Elvira Ducheschi. Pensò all'incrocio delle loro vite parallele e alla sua.

Alla fine si sentì solo di dire: «Grazie».

Ringraziamenti

Alcuni capitoli del romanzo che avete appena letto sono stati ispirati dal commento di un lettore a un post pubblicato sulla mia pagina Facebook. Il post riprendeva una frase dedicata all'amore tratta da *Ogni giorno ha il suo male*. Carlo, così si chiama, scrisse:

> *«Se si è amato veramente, dopo tanti anni si hanno gli stessi brividi avuti da giovani. Importante è amarsi con sincerità. Ora che sto passando un brutto periodo in quanto mia moglie è malata terminale, sento nei suoi confronti lo stesso amore e i brividi che provavo da giovane, e vi garantisco che è bellissimo quando ci prendiamo per mano e facciamo finta di fare una passeggiata al parco dicendoci cose buffe e carine. Perciò amatevi con sincerità e spontaneità: è la cosa più bella che la vita ci può dare».*

Anche io, come Casabona, riesco a dirti solo grazie per questa testimonianza che mi è rimasta dentro e che ora apparterrà a tutti coloro che hanno avuto la pazienza di arrivare fino a qui.

Brossura - pp. 704 - euro 18,00

I tre precedenti volumi in un'unica edizione:

Ogni giorno ha il suo male

La pietà dell'acqua

Il metodo della fenice

Antonio Fusco

Le indagini del commissario Casabona

Schivo, ma con una forte carica umana, reso cinico da troppi anni di mestiere alle spalle, il commissario Tommaso Casabona dirige la squadra mobile della cittadina toscana di Valdenza con il piglio e la fermezza di chi sa di essere dalla parte giusta: quella della legge. Una convinzione che lo guida anche quando la caccia al colpevole minaccia il fragile equilibrio della sua famiglia: una moglie insoddisfatta con cui non riesce più a parlare; un figlio che si è perso nella droga; una figlia determinata a diventare criminologa, con suo sommo disappunto. E in mezzo a tutto questo, tre indagini serrate, tre assassini da braccare, tre misteri da risolvere: una donna senza volto ritrovata uccisa in una casa che non è la sua; un uomo freddato da una revolverata vicino a un antico borgo sommerso dalle acque di un lago; una donna carbonizzata sotto un vecchio ponte ai margini del bosco.
«Chiediti perché e troverai il movente, e se troverai il movente sarai vicino all'assassino»: seguendo questa regola come un mantra, Casabona dovrà affondare le mani nel ventre molle della provincia italiana, dove l'unica cosa che conta è l'apparenza, ma dove niente è come appare.

FSC
www.fsc.org
MISTO
Carta da fonti gestite in maniera responsabile
FSC® C115118

Stampato presso Elcograf S.p.A.
Stabilimento di Cles